LASCIATI ANDARE

CLUB V, LIBRO 1

JESSA JAMES

Lasciati andare: Copyright © 2019 di Jessa James

Tutti i diritti riservati. Nessuna parte di questo libro può essere riprodotta o trasmessa in alcuna forma con nessun mezzo elettronico, digitale o meccanico, incluse, ma non solo, attività quali fotocopie, registrazioni, scanner o qualsiasi altro tipo di raccolta di dati e sistema di reperimento di informazioni senza il permesso esplicito e scritto dell'autore.

Pubblicato da Jessa James,
James, Jessa
Lasciati andare

Cover design copyright 2020 by Jessa James, Author
Images/Photo Credit: DepositPhotos: VitalikRadko

Nota dell'editore:
Questo libro è stato scritto per un pubblico adulto. Questo libro potrebbe contenere scene sessuali esplicite. Le attività sessuali incluse nel libro sono pure fantasie per adulti e ogni attività o rischio corso dai personaggi della finzione nella storia non è né approvato né incoraggiato dall'autore o dall'editore.

DI COSA PARLA LASCIATI ANDARE

Signor Vance

La squadrai con gli occhi. La barista temporanea era stata portata nel mio ufficio, perché aveva visto la stanza dell'asta delle vergini. Osservai le sue curve deliziose e capii che dovevo possederla. Solo che non l'avrei mai più rivista dopo questa serata. Ma io ottengo sempre quello che voglio, sono il proprietario del Club V e la farò aprire per me in modi che non ha mai provato prima. Non vedo l'ora di toccarla e di leccare ogni curva del suo corpo vergine.

Samara

Pensavo che la stanza delle aste del Club V fosse solo un pettegolezzo, finché non imboccai la porta sbagliata. Temevo che mi avrebbero licenziata, ma quando il buttafuori mi portò dal signor Vance mi ritrovai all'istante in un gran casino. Era bellissimo, arrogante, perfino spavaldo, e io non riuscivo a togliere gli occhi di dosso dalla donna nuda che indossava solo un collare di diamanti e stava in piedi accanto a lui. L'espressione lussuriosa e sensuale sul suo viso, mentre lui giocava con lei, e il mio su cui teneva gli occhi puntati, cercando di provocarmi. Per fortuna non lo avrei mai più visto dopo questa notte. Almeno, così credevo, finché il destino non cambiò tutto... Dio aiutami tu!

Se uomini arroganti, vergini e momenti di tensione vi intrigano, questo è il libro che fa per voi, continuate a leggere...

1

La musica che proveniva dal locale era vibrante e si fece strada fino all'esterno, nella strada in cui mi trovavo per riprendere fiato prima di tornare al lavoro. Il corridoio puzzava di vecchio fumo di sigaretta e ancora peggio, si sentiva un puzzo proveniente da qualcosa dentro i cassonetti della spazzatura lì vicini. Repressi la nausea e mi detti un contegno, mentre mi avvicinavo alla porta, non del tutto pronta per interrompere la pausa. Non ero sicura del perché mi sentissi così quel giorno, ma quella sera mi sentivo in ansia all'idea di andare a lavoro e da qualche parte, nel fondo dello stomaco, avevo l'impressione che ci fosse qualcosa di... strano.

"Non sei obbligata a fare niente che tu non voglia", mi dissi, certa di sembrare una pazza, mentre stavo lì in piedi fuori dal locale, cercando di pensare a un buon motivo per non entrare. C'erano fin troppe ragioni per trovarmi lì in quel momento. Se volevo finire l'università avrei dovuto continuare a tenermi il lavoro. Non era proprio la professione che avevo sempre sognato, ma riuscivo a pagarci le bollette, mettere da mangiare sulla tavola e, quando avrei finalmente finito di studiare, sarei stata una delle poche persone che conoscevo a non essere schiacciata dal peso delle rate dei prestiti studenteschi. Il locale mi pagava bene per il lavoro che svolgevo, e questo facilitava molto la mia sopportazione. E poi, era sicuramente meglio delle decine di lavori da cameriera che avevo collezionato durante il liceo e il primo anno di università.

Se dovevo proprio essere onesta con me stessa, sapevo di non poterci rinunciare. I miei genitori non potevano permettersi di mandarmi all'università e se volevo continuare a studiare e crearmi una carriera avrei dovuto pagare tutto di tasca mia. Se ne avessero avuto l'opportunità, sapevo che i miei genitori mi avrebbero pagato le tasse scolastiche, l'alloggio, e tutto ciò che comprendeva la vita universitaria, ma semplicemente non potevamo permetterci quello stile di vita. Dopo la nascita di mio fratello la mamma aveva iniziato a lavorare come segretaria in uno studio di avvocati. Lui adesso aveva solo 17 anni e di certo lei non sarebbe arrivata a lavorare abbastanza da accumulare una buona pensione. Scherzando diceva sempre che a 75 anni sarebbe ancora stata seduta alla sua solita scrivania da Keller, Lawson, Waterman e Keller, ma nel profondo pregavo che non fosse così. I soldi erano sempre un problema e lei e mio padre facevano tutto il possibile, ma non volevo vederla lavorare fino a quell'età.

Mio padre lavorava in proprio fin da quando era un ragazzo. Era un meccanico e aveva iniziato lavorando in alcune officine della città, facendosi strada in quel mondo e risparmiando abbastanza per comprare un'officina tutta sua per mettersi in proprio. Aveva successo ed era un bravissimo meccanico, svolgeva il suo lavoro in modo tale che i clienti avessero sempre voglia di tornare da lui. Credo fosse uno dei pochi meccanici onesti a lavorare in una zona già segnata dalla povertà e i suoi prezzi bassi e il servizio degno di fiducia lo rendevano il tipo di persona da cui i clienti tornavano volentieri.

Ma nonostante tutto il loro duro lavoro, non sarebbe mai

stato abbastanza. Non volevo essere un ulteriore peso per la mia famiglia, quindi avevo deciso di farmi carico delle spese scolastiche e del mio affitto. Se potevo risparmiargli ulteriori preoccupazioni e fare in modo che potessero aiutare mio fratello quando avesse iniziato l'università, avrei fatto tutto il possibile per fare la mia parte; era sempre stato così, lavoravamo in sincronia per il bene comune della famiglia. Amavo tantissimo la mia famiglia e tenevo molto al nostro legame.

Guardai il telefono. Mentre ero in pausa, Suzy era già arrivata per il suo turno, e sapevo che avrebbe iniziato a chiedersi dove mi ero cacciata, se mi fossi attardata ancora sul quel marciapiede a contemplare la mia sorte. Che mi succedeva oggi? Non era cambiato niente al lavoro e non c'era motivo per esitare così. Almeno, non c'era alcuna ragione logica. Sentivo qualcosa nell'aria, mi sembrava che tutto fosse possibile quel pomeriggio, ma non ero certa che si trattasse di qualcosa di buono.

Spinsi la porta d'ingresso ed entrai nella zona sul retro del bar. Alcuni camerieri e cameriere si affrettavano andando avanti e indietro, vestiti con la loro uniforme nera. I ragazzi indossavano cravatte di un intenso rosso scarlatto che si intonava alle decorazioni presenti in quel piano del locale, e le ragazze che attendevano ai tavoli dovevano truccarsi con quegli stessi colori. Per fortuna, la mia pelle si intonava con il rossetto rosso che dovevo portare tutte le sere, ma riflettendoci, immagino che fossimo tutti assunti in base a come ci saremmo intonati allo schema dei colori che dominava la parte del locale in cui avremo lavorato.

C'era già una certa folla che circondava il bar anche se non era ancora molto tardi, l'ora di punta in cui arrivavano i membri del club, e sorrisi pensando che in serata avrei potuto ricevere qualche mancia in più del previsto.

"Ehi, Tommy", dissi facendo l'occhiolino e stringendo lievemente la spalla di uno dei nostri clienti regolari del venerdì sera.

"Samara, tesoro...", mi rivolse un ampio sorriso e si girò per stringermi a sé, ignorando il fatto che io stessi cercando di arrivare al camerino dei dipendenti. "Dolcezza, non lasciarmi solo. Sai che sei la mia preferita".

Sentii i suoi occhi squadrarmi da capo a piedi e la sua mano si spostò in basso lungo il mio fianco, poi mi tirò all'improvviso verso di sé. Potevo sentire l'inizio di un'erezione che cresceva nei suoi pantaloni e anche se una parte di me si chiedeva come sarebbe stato farlo per la prima volta con Tommy Rollins – agente d'investimento bancario per i ricconi dell'alta società del New Jersey – mi limitai a sorridere e posargli una mano sul petto.

"E tu sei uno dei miei. Non dimenticarlo mai". Mi strusciai lievemente su di lui prima di girarmi e dirigermi verso i camerini. Mi lasciai andare a un grugnito di disapprovazione praticamente impercettibile sotto la musica potente del locale. Sarebbe stato fantastico farlo per la prima volta con uno come Tommy – sapevo di certo che era bravo al letto e che le donne facevano di tutto per arrivare in prima fila e stare con lui mentre era al locale. Ma dovevo anche ricordare che ero qui come barista – ero a capo del bar insieme alla mia amica e coinquilina, Suzy, e non avrei lasciato che l'attrazione che provavo per uno degli uomini più belli e ricchi del locale mettesse a rischio il mio lavoro.

Oddio, morivo dalla voglia. Diciannove anni e ancora vergine, ero in minoranza tra le mie amiche. La maggior parte di loro lo aveva già fatto alle medie o alle superiori con uno di quegli stupidi tipi che ci ronzavano sempre intorno. Io non mi ero mai lasciata attrarre dall'idea di perdere la verginità con un ragazzino di questa cittadina senza un futuro. Anche se all'inizio era una sorta di questione di principio secondo cui avevo stabilito i miei standard, adesso cominciava ad essere solo frustrante. Avevo diciannove anni e potevo fare sesso se volevo, con chiunque, e c'erano state molte possibilità. Perché non le avevo colte?

"Lo sai perché", dissi a me stessa, mentre procedevo lungo la parete in fondo al locale, cercando Suzy che si stava preparando per il suo turno.

Non avevo accettato nessuna delle offerte di deflorarmi, perché nessun'uomo mi era mai sembrato un buon partito per la mia prima volta. Ero uscita con così tanti uomini e non mi meravigliavo che nessuno di questi fosse diventato qualcosa di più. Avevo scoperto presto che una buona parte della popolazione maschile era pronta a rinunciare senza indugi a una ragazza solo perché non era disposta a fare sesso al terzo appuntamento. Immaginavo, e a quanto pare mi sbagliavo, che la verginità fosse un valore per gli uomini, una specie di trofeo da collezionare. Non avevo mai pensato che alcuni potessero esserne intimiditi.

E così c'era stata una lunga serie di ragazzi, per lo più stronzi, che mi avevano detto addio senza troppi complimenti dopo che gli avevo confessato di aspettare il momento giusto e la persona giusta per la mia prima volta.

Scostai la tenda di velluto che copriva l'entrata del camerino degli impiegati. Si trovava nascosta in un angolo, lungo un piccolo corridoio e ospitava gli armadietti di tutte le cameriere, ballerine e degli altri impiegati.

"Ehi, bella", disse Suzy che sedeva davanti a una delle zone trucco. Stava su un cuscino di velluto che si intonava alla stessa sfumatura di rosso che ricopriva la maggior parte delle superfici tappezzate presenti nel locale.

"Ciao, sei pronta per una lunga notte? Sembra che oggi sia bello pieno". Mi sedetti su uno dei cuscini davanti alla mia coinquilina e la osservai, mentre continuava a prepararsi per la serata.

"Sì, credo che Stew abbia detto che avrebbero messo un

annuncio in un giornale diretto a... sai, la nostra clientela. Probabilmente ci sono molti novellini questa sera. Dobbiamo fare del nostro meglio".

Annuii. Sapevo cosa voleva dire Suzy. C'erano un paio di regole ferree che riguardavano i nostri lavori qui, la più importante di tutte era che il nostro ruolo era quello delle bariste, niente di più. C'era la possibilità di un avanzamento di carriera, ma quello avrebbe significato contrattare con il nostro manager e forse anche con i suoi superiori, i veri pezzi grossi del club. Con tutte quelle persone nuove che visitavano il club per la prima volta quella sera, c'era la possibilità che non tutti sapessero che noi, le bariste, non eravamo nel menù. Poteva mandare un po' in confusione le persone nuove dell'ambiente, e ogni tanto dovevamo ricordarglielo. Anche il mio flirtare con Tommy, anche se era completamente accettabile nonché un qualcosa che ci si aspettava da me, visto che dovevo fare felici i clienti, si avvicinava molto al limite di ciò che era consentito.

Tutti noi che lavoravamo al bar e che servivamo i clienti dovevamo avere a che fare con questo tipo di cose ogni tanto. Un uomo o una donna che ci vedeva e che voleva fare con noi le stesse cose che facevano con gli altri che lavoravano qui al Club V. Anche se il sesso libero, lo scambio di coppia e il BDSM erano tutte cose concesse al club, i clienti dovevano capire che lo staff del bar non era accessibile. Una risatina si era diffusa tra il gruppetto di nuovi impiegati durante la mia riunione di orientamento, quando il manager aveva detto che non eravamo 'addestrati' per fare ciò che facevano gli altri membri dello staff. Tuttavia, era sempre stato chiaro che una persona poteva passare a quel lavoro se interessata, ma i due ruoli non erano compatibili.

Quasi non facevo più caso al sesso, ora che ero dietro al bar la maggior parte del tempo. Quando avevo iniziato a servire ai tavoli ne vedevo molto di più mentre consegnavo drink e piattini al piano principale del locale, che in genere era pieno di persone che chiacchieravano e si godevano la compagnia, ma spesso la situazione si faceva più pesante. Più di una volta avevo consegnato un drink a un uomo che insisteva per sorseggiare il suo scotch invecchiato 50 anni, mentre una giovane donna bionda saltava selvaggia sul suo cazzo. Il sesso era permesso al piano principale, così come era permesso ovunque nel locale, ma in genere lo facevano nelle piccole alcove che circondavano la grande stanza al piano terra. Il grande bancone del bar si affacciava sulla stanza principale e si lavorava tantissimo, ma molto spesso le persone nelle alcove o in fondo alla grande sala ordinavano qualcosa che doveva essergli consegnato.

Nei miei primi tempi vedevo molto più di adesso e ora non facevo più caso a tutti i gemiti che emergevano dalle alcove. Il DJ in genere teneva la musica abbastanza alta da coprirli, oppure metteva della musica che si integrasse ai gemiti. Non si poteva negare l'ambiente estremamente sensuale del mio luogo di lavoro. Ogni centimetro dei 500 metri quadri del club pulsava di sensualità e l'odore di ylang yalng, sandalo e patchouli stimolava la lussuria di tutti coloro che entravano, cercando al contempo di mascherare l'aroma inconfondibile del sesso e dei feromoni. Cercavo di non pensarci troppo spesso, ma non era strano per me entrare nel locale e bagnarmi ed eccitarmi immediatamente. Anche solo quello faceva sì che la mia situazione attuale fosse molto più difficile da sopportare.

"Come vanno le cose con Kevin?", chiese Suzy, strappandomi ai miei pensieri, mentre si guardavano nello specchio e applicava con attenzione le sue ciglia finte. Mentre si allontanava dallo specchio facendosi l'occhiolino il risultato sembrava impeccabile. Non c'era da meravigliarsi che uno dei proprietari avesse offerto a Suzy di lavorare qui. La mia cara amica e coinquilina era più alta di me almeno 10 centimetri e sembrava fosse appena uscita da una sfilata di Victoria's Secret. I suoi seni alti e sodi erano incredibili ed era logico il perché metà degli uomini nel locale rivolgessero subito la loro attenzione verso la sua figura mozzafiato. Anche completamente vestita, Suzy era la donna che ogni uomo nel locale avrebbe voluto per sé, eppure non potevano averla.

"Ugh... Kevin. Beh, è finita".

Quando ero uscita di casa per andare al lavoro ero al telefono con Kevin, continuando una discussione che avevamo iniziato la sera prima. Alla fine, sembrava che non saremo riusciti a venirci incontro.

Suzy si girò verso di me e mi guardò con un'espressione triste. Mi tirò a sé e mi abbracciò, facendo attenzione a non rovinarsi il trucco applicato con cura. Aveva un look da gatta sensuale, molto carico, che la faceva sembrare ancora più sexy di quanto non fosse di solito. Studiava per diventare una truccatrice, per questo provava sempre nuovi look e non mancava mai di sorprendere la clientela del Club V.

"Grazie", dissi mentre mi tiravo indietro dall'abbraccio. "Vado a darmi una rinfrescata e ti raggiungo subito fuori".

I miei lunghi e mossi capelli biondi erano sciolti, li portavo quasi sempre così, era un look un po' estivo, da spiaggia. Non c'era da sorprendersi se Tommy aveva cercato di sedurmi. Dovevo ammettere che i miei capelli non erano mai stati così sexy e la cosa mi fece sorridere. I miei occhi nocciola, con dei riflessi verdi, erano un po' misteriosi ed erano così unici che ricevo sempre i complimenti, soprattutto con le luci soffuse del locale. I candelieri, le luci del bar e dei tavoli fornivano appena la giusta quantità di luce per farli brillare. Mi era stato detto più di una volta che erano ipnotici e io cercavo sempre di truccarmi in toni di verde e oro, per accentuarne le tonalità.

E anche i miei zigomi alti, ereditati dalla nonna, non nuocevano al mio aspetto. Non avevo bisogno di truccarmi molto il mio viso aveva già una bella struttura ed ero grata per quella piccola fortuna genetica. Avevo un neo sul labbro superiore che da piccola avevo sempre visto come una cosa negativa, ma ora era quel tipo di marchio di bellezza provocatorio per cui ricevevo continuamente complimenti sia da uomini che da donne.

Allora mi alzai e feci una smorfia. L'unica cosa che avrei cambiato del mio aspetto se avessi potuto era la mia altezza. Ero un metro e sessanta, ed ero una delle bariste più basse, per questo Suzy era l'incaricata di raggiungere le cose sui ripiani più alti. Ma ero in forma e i miei fianchi avevano quel tipo di curve che facevano girare molte persone quando passavo vicino ai clienti. Ma la cosa migliore erano i miei seni. Sarò anche stata bassa e minuta, pesavo 56 chili, ma la mia quarta di seno era una cosa di cui andavo molto fiera, e la mostravo ogni volta che potevo. Il locale permetteva a Suzy e me di indossare i nostri vestiti, invece delle uniformi standard, e noi sceglievamo in genere canottiere e magliette molto aderenti e con la scollatura profonda. Era uno degli aspetti più piacevoli del nostro lavoro, eravamo le ragazze divertenti dietro al bancone del bar e spesso non sembrava neanche di lavorare.

Lisciai la minigonna che indossavo e mi girai per dare un'occhiata al mio lato b.

"Hai un culo fantastico", dissi a me stessa con una risata, poi uscii verso il bar, per un'altra serata al Club V.

2

"Chi è pronto per un altro giro?" urlai rivolta al bar affollato, sbandierando una bottiglia di tequila reposado verso i clienti accompagnando il gesto con un occhiolino. Ricevetti qualche urlo di incoraggiamento e qualche cenno della testa, dopo aver versato altri 12 shot, e feci ritorno al bar accanto a Suzy con una banconota da 50 tra i seni sudati, piazzata lì con grande generosità da Tommy, insieme al suo biglietto da visita.

"Davvero, quella pubblicità deve avere funzionato. È incredibile vedere tutte queste facce nuove".

Suzy aveva ragione. Il posto brulicava dell'energia dei nuovi clienti del locale e speravo che molti diventassero dei membri. Sapevo che dopo un assaggio di quanto aveva da offrire il club sarebbe stato difficile non tornare per soddisfare quel bisogno che li avrebbe colpiti inevitabilmente.

"Stai facendo un ottimo lavoro", dissi, dandole una spinta con il fianco. "Sul serio, questo posto non era così da un po' e credo che Stew noterà che abbiamo fatto un bel passo avanti".

"Senti chi parla", disse Suzy sorridendo e guardando la banconota da 50 che spuntava dalla scollatura. "Ragazza, ti amano laggiù. Non dimenticarlo mai. Non potrebbero chiedere una migliore barista. Farai strada".

Sorrisi, felice anche perché quella strana sensazione allo stomaco che avevo sentito a inizio serata era scomparsa. Ero ancora insicura riguardo alla sua provenienza. Forse la mia discussione al telefono con Kevin mi aveva fatto venire l'ansia di andare al lavoro. Comunque fosse, misi da parte quei pensieri e mi concentrai su ciò che avevo davanti. Suzy aveva ragione, stavo raccogliendo tantissime mance e se avessi continuato così questo mese sarei riuscita a pagare due rate del mio prestito studentesco. Sapevo che ero fortunata ad avere questo lavoro e non c'era niente al mondo che mi avrebbe allontanata dal locale.

"Signore!" Il mio divagare fu interrotto quando il nostro manager, Stew, si fece strada tra la folla per venire da noi dietro al bancone. Stew era un tipo enorme, sarà stato 2 metri per 130 chili. Era un ex giocatore di football; ora, invece, gestiva da solo tutte le sale del club.

Si guardò intorno e fece un gesto con la mano per indicare tutta la lunghezza del bar. "Voi due siete fantastiche. Grazie per il lavoro extra che state facendo con tutti i nuovi clienti. Non credo che i proprietari sapessero quanto ci avrebbero guadagnato quando hanno pubblicato quella pubblicità, ma eccoci qui e sembra che sarà incredibile".

"Che bello vederti", dissi con un sorriso sincero.

"Ora che gli ingranaggi sono stati oliati per bene, ho un favore da chiederti, Samara".

Lo guardai perplessa. "Sì?"

"So che domani è il tuo giorno libero, ma..."

"Hai bisogno che copra un turno? Non è un problema". Dissi subito; ero sempre felice di fare un turno extra visto che guadagnavo bene e mi divertivo.

Stew scosse la testa. "Beh, non proprio. Faccio venire Lori per aiutare Suzy domani sera, ma mi chiedevo se puoi andare nella sede di New York domani? È previsto un grande evento e insieme all'affluenza creata dall'annuncio, avranno bisogno di tutto l'aiuto possibile. Ti pagheremo un extra, prenderai una volta e mezzo in più rispetto alla tua paga normale".

Dilatai gli occhi dall'entusiasmo. Non avevo mai lavorato nella sede di New York. Non ci avevo mai neanche messo piede, ma la conoscevo per la reputazione. Si diceva che era frequentata da veri pezzi grossi. Certo, qui nel New Jersey vedevamo molti soldi passare, grazie alle persone che vivevano nei quartieri alti della zona e che facevano dei lavori ben pagati nella grande città, ma anche per quelli che lavoravano nell'industria del gioco d'azzardo o che facevano soldi in quel modo.

Ma New York! Luci abbaglianti, una grande città... e le persone con i loro folli e insaziabili appetiti sessuali. Dovevo solo sperare che amassero bere drink all'infinito.

"Certo! Nessun problema, Stew. Non avevo comunque altro in programma". Lanciai un'occhiata a Suzy, pensando alla nostra conversazione precedente riguardo alla mia ormai defunta relazione con Kevin.

"Fantastico! Li chiamo per dirgli che ci sarai. Il turno inizia alle sette di sera, magari presentati un po' prima, così possono farti vedere il locale. Oh, e devi prendere una delle camicie del Club V. Laggiù sono più rigidi con il look delle bariste".

Annuii emozionata e mi trattenni dal correre ad abbracciarlo. Ci parlò di altri eventi futuri del club e poi sparì di nuovo nel suo ufficio.

Suzy si girò a guardarmi, con gli occhi sgranati. "Andrai a New York!"

"Solo per una sera..."

"Sì, ma non sai cosa può nascere da lì. E mio dio, sai quanti soldi vedono là... beh, voglio dire, non che lo sappia davvero, ma si sa che sono tanti. Quei 50 dollari che Tommy ti ha infilato tra le tette? Sì, ecco, immagina una cifra più vicina ai 1000 dollari quando sarai a New York. Hai mai visto una banconota da 1000?", Suzy si appoggiò alla parete e sospirò.

"Dubito che qualcuno mi infilerà 1000 dollari tra le tette".

Suzy scosse la testa. "Hai ragione, non è così che vanno le cose laggiù". Si avvicinò di più a me e sussurrò ridacchiando: "Cercheranno di infilartela nella fica!"

Le diedi uno schiaffetto giocoso e le lanciai un'occhiataccia, prima di andare a riempire un altro bicchiere di vino. Quando tornai stava ancora ridendo.

"Senti, seriamente, Samara, sai che dovrai stare attenta lì. Non ci sono mai stata, ma ho sentito che in quel locale le cose sono diverse. Sai cosa dicono... di quella stanza".

Chiunque non avesse avuto familiarità con la reputazione del Club V non avrebbe potuto sapere di quale 'stanza' stesse parlando Suzy, ma avendo lavorato nella sede del New Jersey per un anno, conoscevo bene i pettegolezzi che circolavano sul locale.

La gente diceva che era una stanza dove si tenevano aste in cui gli uomini potevano andare per comprare una donna a proprio piacimento. Erano tutte voci di corridoio, nessuno che conoscessimo né Suzy né io aveva mai visto una di queste stanze. Il Club V era presente in tutto il paese e cresceva di anno in anno. Se queste voci erano vere, il Club V aveva una stanza per aste in ognuna delle sue location maggiori: New York, Los Angeles, Las Vegas, Chicago e Dallas. Ciò che succedeva in quelle stanze si poteva solo sognare, per quanto ne sapessi, non c'era anima viva che avessi incontrato tra le persone che frequentavano il locale che avesse mai realmente messo piede in una di queste stanze.

"Sai, potrebbe essere benissimo una leggenda metropolitana. Si sa come iniziano questo tipo di storie. Magari una cameriera in uno di questi posti ha visto succedere qualcosa in una delle stanze private e non ha capito, ne ha parlato con gli amici ed ecco com'è iniziata. È come il gioco del telefono, e nessuno sa da dove è partita".

Suzy fece una scrollata di spalle e passò lo scontrino a un cliente per farglielo firmare. "Dico solo che...", si avvicinò di più per parlarmi a voce bassa. "Devi tenere la testa alta ed essere forte in un posto come quello. Sai perché sono qui? So che posso fidarmi di Stew. Non sarei qui se non sapessi di avere un manager di cui posso fidarmi completamente. Anche se ho fiducia nel marchio del Club V, e tu sai bene quanto me come sono attenti nella scelta dei loro membri, New York è il club più grande che possiedono e ho sentito alcune storie su cosa vogliono alcuni dei clienti che si presentano lì. Certo, anche qui c'è del BDSM, ma direi che è abbastanza leggero. A New York c'è un tipo di eccesso più altolocato ed esclusivo. Esaudiscono ogni desiderio dei loro clienti. Assicurati solo di non attirare l'attenzione o di non diventare il desiderio di qualcuno".

Alzai gli occhi al cielo. "Senti, indosserò l'uniforme. E come hai detto, quel club è super esclusivo e altolocato. Se gli uomini che vengono qui sanno che non devono darci fastidio, sono certa che anche i membri di New York conoscono molto bene le regole".

Suzy annuì finalmente. "Sono davvero felice per te, Samara. So che a New York guadagnerai quasi quanto due settimane di lavoro qui e so bene che quei soldi ti fanno molto comodo. Onestamente, forse sono un po' gelosa". Disse l'ultima frase con un sorriso. "E sentiti libera di dare il mio numero a tutti gli uomini interessanti che vedi. Se sono membri del club di New York non ci sono restrizioni, posso uscirci senza problemi".

Annuii e sorrisi anche io alla mia migliore amica. "Hai ragione, eccomi qui, la tua personale procacciatrice di appuntamenti. Cosa faresti senza di me?"

Sventolò una mano con nonchalance. "Continuare a uscire con dei perdenti, ovviamente".

"Hai avuto più fortuna di me", dissi con un tono di

amarezza nella voce. Sarebbe stato fantastico se una delle tante brevi relazioni in cui mi ero lanciata da quando andavo all'università fosse stata qualcosa di più che un passatempo, ma mi ero quasi rassegnata a non preoccuparmi più di trovare qualcuno con cui uscire. Ci sarebbero sempre stati uomini disponibili, questo lo sapevo. Mi sarei solo fatta un favore se mi fossi concentrata sulla scuola e sul lavoro.

"Vero", concordò Suzy. Guardava verso la folla che iniziava a diradarsi.

A serata inoltrata le persone cominciavano a spostarsi nelle alcove o nelle aree private. Le stanze private si riempivano in fretta, le prime erano sempre le stanze voyeur, con il pannello di vetro nel corridoio voyeur. Ero passata per quel corridoio tante volte, ma non potevo fare a meno di rimanere sorpresa e di eccitarmi un po' quando mi rendevo conto di essere circondata ad ogni lato da corpi nudi che fremevano di piacere.

Dalla nostra posizione al bar centrale avevamo una visuale di tutta la sala principale e si vedeva anche la piscina, in cui alcune persone facevano il bagno indossando solo un costume che lasciava poco all'immaginazione. A quest'ora della notte era tutto uno spettacolo, ma al bar le cose iniziavano a tranquillizzarsi. C'era sempre qualcuno che veniva a bere un drink, quelli che avevano già preso parte all'attività per cui erano venuti al locale, o quelli che vedevano il bar per quello che era: un luogo in cui raccontare i propri problemi a un orecchio gentile pronto ad ascoltarli. E nel caso mio, e di Suzy, e chiunque altro al lavoro presso il Club V, i nostri clienti potevano anche tornare a casa ogni sera con il ricordo di un bel 'panorama'.

"Comunque non mi dispiacerebbe uscire con un tipo ricco, sai, come quelli che vediamo passare di qui", osservò Suzy.

Feci scorrere lo sguardo sulla sala. "Pensi davvero di volere uscire con il tipo d'uomo che frequenta questo posto?"

Lei fece un'alzata di spalle e iniziò a pulire la passerella dietro al bar.

"Certo, non qui, nello specifico, visto che non è permesso. Ma sì, penso che non mi importerebbe uscire con qualcuno che frequenta uno degli altri locali della catena. Solo per essere trattata bene per un po'".

Pensai bene a cosa rispondere a quella sua affermazione. Non c'era nessuno nei paraggi che potesse sentirmi e non avrei mai detto nulla davanti a un cliente, ma avevo dei dubbi su alcuni dei tipi che venivano al locale.

"Non ti importa... sai, quello che fanno? Alcuni fanno davvero paura".

"So cosa intendi. Però ci sono anche dei tipi molto tranquilli. Sono sicura che a New York ci siano alcuni solo interessati a scopare e a guardare gli altri. Non a tutti piacciono i plug anali o i bavagli, ma non sto giudicando i tuoi gusti, Samara". Mi diede una gomitata divertita e si mise a ridere.

Mi limitai a sorriderle e a scostarmi. "Sì, non penso sia proprio il mio stile".

Suzy mi rivolse di nuovo un mezzo sorriso. "Non puoi saperlo finché non lo provi. Ci hai mai pensato almeno un po'?"

"Plug anali e bavagli?"

Suzy alzò gli occhi al cielo. "No, parlo di perdere finalmente la verginità. Non ti farei mai pressione e so che hai i tuoi motivi, ma penso che sarebbe una buona idea, se ti lasciassi andare almeno un po'. La prima volta non deve essere per forza perfetta. Ti sfido a trovare più di qualche persona che descriverebbe la sua prima volta con il termine perfetta. In genere è goffa e disastrosa, e imbarazzante".

Presi alcuni bicchieri abbandonati sul bancone e li misi nello scolapiatti, dopo li avrei portati nel retro per lavarli in lavastoviglie.

"A sentire te sembra che l'amore sia così divertente, Suzy.

Davvero, chiunque farebbe di tutto per avere anche solo un po' di quello che descrivi".

Alzò un dito a mezz'aria. "Ah, vedi! È qui che ti confondi. Tu parli d'amore e io parlo di una buona vecchia scopata, niente di più. Devi solo lasciarti andare e seguire la corrente. Trova un uomo un po' più grande, assicurati che sappia quello che fa. Dicono che un buon indizio può essere la loro capacità di ballare. Devi solo trovarne uno e prendertelo". Suzy allungò la mano e mi carezzò un braccio. "Hai il corpo di una dea! Ci sono decine di uomini qui ogni notte che morirebbero dalla voglia di andare a letto con te. E se sapessero che sei vergine... cazzo, Samara. Gli uomini venerano le donne così".

La guardai aggrottando la fronte. Sapeva benissimo che non era il tipo di reazione che avevo ricevuto dai ragazzi con cui ero uscita dopo che avevano scoperto che non avevo mai fatto sesso.

"Uhm, cosa? Non è vero. Tutti gli uomini con cui sono uscita non hanno mai apprezzato la cosa. Oppure volevano spingermi troppo in fretta a fare qualcosa, e io ho sempre dovuto fuggire".

"Questo è perché esci con dei ragazzini, tesoro. È ora che ti trovi un vero uomo con cui uscire. Dico sul serio. Devi trovarti un gentiluomo adulto che sappia quello che fa. Tieni gli occhi aperti mentre sei a New York. I tipi così frequentano di continuo posti come questi. Devi trovarne uno che ti aiuti e poi non lasciartelo sfuggire".

3
___

Il viaggio in treno il giorno seguente fu lungo e completamente nuovo. Sarei potuta andare in macchina, ma sarebbe stato un incubo. Avevo trovato una mappa della metropolitana sul telefono e la controllavo ogni tanto per assicurarmi di non perdere la mia fermata. Non volendo essere scambiata per una turista, tenevo la testa alta e cercavo di trasmettere l'idea di sapere cosa stessi facendo, anche se avevo un po' paura di andare in città tutta sola. Non era qualcosa che facevo spesso e, anche se avevo fiducia nelle mie capacità, non potevo permettermi di lasciar cadere la guardia e trovarmi davanti ai tipici crimini in cui spesso si imbattono le donne sui trasporti pubblici.

Un paio di fermate dopo la partenza ne ebbi la conferma, quando un uomo più anziano salì sul treno e si mise davanti al mio sedile, con il cavallo dei pantaloni praticamente davanti alla mia faccia. Mi alzai e mi spostai lungo il treno, ma lui mi seguì. Incerta delle sue intenzioni, non ero sicura se fosse un pervertito o direttamente un criminale, mi sedetti accanto a un'altra donna e osservai, mentre lui si fermava e iniziava a fissarmi, con un ghigno ampio e dai denti gialli sulla faccia.

Era stato un errore salire sul treno già vestita per il lavoro. Calze a rete, tacchi alti e una minigonna, trasmetteva solo un messaggio agli altri passeggeri del treno e io speravo solo di sembrare una dei quartieri alti ai loro occhi. Per tutta la durata del viaggio ignorai le attenzioni non richieste e finalmente arrivai alla mia fermata, saltai in piedi e corsi verso le porte, poi mi feci strada lungo la banchina e corsi su per le scale per raggiungere la strada.

Il Club V si trovava solo a pochi isolati dalla fermata dalla metro e arrivai in breve tempo senza che altre persone incontrate per strada mi dessero problemi. Questo Club V, quasi come quello in cui lavoravo di solito nella mia città, non era molto vistoso dall'esterno. Però qui sembrava più un fatto di discrezione, poiché molti dei suoi clienti facevano parte dell'alta società. Certo, a casa avevamo la nostra quota di clienti altolocati che si sapeva facessero parte di famiglie mafiose, ma qui erano attori, diplomatici, membri del mondo giornalistico e politici che erano in città per fare comizi o per prendere parte a talk show.

Il Club V di New York si trovava in un locale che in passato doveva essere stata una fabbrica tessile. Si sviluppava su due piani e ogni piano aveva i soffitti molto alti, con delle ampie finestre, tipiche delle fabbriche costruite più di cento anni fa. La maggior parte di queste finestre era oscurata dall'interno per preservare l'ambiente per cui era noto il Club V, ma la bellezza dell'antico edificio era impressionante dall'esterno. Fatta eccezione per le parole "CLUB V" incise su una placca di bronzo vicino alla porta d'ingresso, una persona non avrebbe mai capito cosa si celasse dietro quelle mura. Avevo la sensazione che molti non lo sapessero comunque, perché non era possibile usare Google per avere informazioni su quel posto. Lo sapevo perché ci avevo provato molte volte prima di accettare l'offerta di lavoro che mi era stata fatta ormai più di un anno fa.

Feci il giro dell'edificio e raggiunsi l'entrata laterale, poi premetti il citofono per gli impiegati.

"Sì?" Disse una voce attraverso l'interfono.

"Uhm... ciao. Sono Samara, Samara Tanza. Vengo dal locale nel New Jersey. Sono qui come barista per la serata".

Ci fu una pausa e per qualche momento mi chiesi se mi avrebbero fatta tornare indietro; non ero per niente entusiasta di ripetere il lungo viaggio in treno fino a casa.

"Sì, giusto. Ti faccio entrare".

Sentii il rumore del citofono e poi un click; potevo finalmente aprire la porta che mi divideva dal piccolo atrio d'ingresso. Mi ritrovai nell'oscurità totale per qualche secondo e dovetti dare ai miei occhi qualche attimo per adattarsi all'assenza di luce. Dopo un po' fu chiaro che non era davvero buio lì dentro, c'erano solo delle luci molto soffuse, soprattutto in questa zona del locale.

Una donna che indossava un vestitino corto e aderente apparve quasi dal nulla e mi sorrise, offrendomi la mano per darmi il benvenuto.

"Samara... è un grande piacere vederti. Sono Elle, la direttrice dello staff qui a New York. Perché non mi segui, Jake voleva vederti prima di mandati all'orientamento con una delle nostre bariste".

Non avevo idea di chi fosse Jake, ma immaginavo che fosse la versione newyorkese di Stew e quindi seguii Elle lungo il corridoio fino a uno degli uffici.

"Jake è uno dei proprietari. Vuole darti una panoramica di alcune delle regole dell'azienda e informarti su cosa ci si aspetta da te qui nel club di New York. Sono sicura che sia molto simile a quello a cui sei abituata in New Jersey, ma potrebbe esserci qualche differenza. Siamo orgogliosi di avere una lista di membri molto esclusiva e facciamo di tutto per mantenere la loro privacy. Credo che tu capisca bene cosa intendo".

Annuii, poi mi resi conto che non poteva vedermi mentre la seguivo, quindi dissi ad alta voce: "Oh, certo. Assolutamente. Sì, non parliamo mai dei nostri clienti al di fuori del locale".

"Fantastico", disse Elle. Potevo quasi sentire il sorriso nella sua voce. "Sono certa che ti piacerà conoscere Jake. Questo è il suo ufficio".

L'ufficio era in un angolo lontano e la porta si aprì per rivelare una di quelle finestre incredibilmente alte che avevo visto da fuori, solo che questa non era coperta e la luce della sera filtrava all'interno dell'ufficio cupo.

"Jake, lei è Samara", mi presentò Elle, che sorrise e si chiuse la porta alle spalle, lasciandomi lì in piedi, mentre Jake si voltava lentamente sulla sua sedia da ufficio e si alzava per venire a salutarmi.

Mi sorrise mentre se ne stava in piedi davanti a me con le mani infilate nelle tasche, il vestito grigio chiaro che indossava era impeccabile e gli calzava alla perfezione. Era alto, un uomo impressionante con capelli nerissimi, labbra piene, pelle olivastra e occhi blu con una sfumatura di grigio.

Io ero piombata nel silenzio e mi resi conto che lo stavo fissando, così come lui fissava me. Incerta su chi dovesse parlare per primo, alla fine dissi: "Ciao... Jake".

Lui annuì. "Mi piace vedere tutti i nuovi dipendenti che prendiamo con noi. Per farmi un'idea di chi è nuovo da queste parti e di chi potrebbe avere bisogno di un po' di aiuto". Circondò la scrivania e si avvicinò per salutarmi, porgendomi una stretta di mano. "Samara? Bel nome". Le sue parole suonavano morbide e *burrose*. Sembrava nascondere un qualche accento e questo rendeva ancora più attraente quell'uomo così affascinante.

"Grazie", dissi, cercando di apparire il più tranquilla possibile. Se tutti qui intorno erano così belli come Jake, sarebbe stata una serata lunga e divertente e con tanta bella gente da osservare.

"Spero che tu possa divertirti lavorando qui. E non credere che voglia rubare una dipendente da una delle nostre altre sedi, ma puoi star certa che una del tuo calibro è sempre benvenuta qui al Club V di New York. Ho sentito che sei una barista bravissima e ti sei fatta un nome nel Jersey, sei stata altamente consigliata".

Sentii il mio viso avvampare. "Ecco, Stew è molto gentile. Quest'anno mi è piaciuto molto lavorare al Club V e non posso immaginare un posto migliore per me".

Jake si strofinò il mento con aria pensierosa. "Quali sono i tuoi obiettivi a lungo termine riguardo la tua posizione lavorativa presso di noi?"

Nessuno mi aveva mai fatto quella domanda prima d'ora, a parte Stew quando mi aveva promossa a barista dopo i primi mesi da cameriera ai tavoli.

"Mi piace molto fare la barista. Ad essere onesta, lo faccio per pagare la retta dell'università. E va benissimo. Le mance sono fantastiche e per ora ho sempre pagato tutte le mie spese da sola, senza l'aiuto dei miei genitori".

Qualcosa sembrò balenare sul viso di Jake. "Quanti anni hai?"

"Diciannove", risposi, senza lasciarmi intimorire.

"Wow... immaginavo fossi un po' più grande. Oh beh, è comunque legale".

La frase mi scosse e sono sicura di aver spalancato gli occhi in quel momento.

"Voglio dire... è legale che tu lavori come barista, sia in New Jersey che a New York", aggiunse con una risata. "Ma, sul serio, hai mai pensato di voler fare un avanzo di carriera?"

Stavo cominciando a capire cosa mi stesse chiedendo davvero Jake, uno dei soci proprietari del Club V. Questo tipo non era solo proprietario di questo club, ma era co-proprietario di tutti i locali presenti negli Stati Uniti, e ormai ce n'era uno in ogni stato.

Calmati, Samara, mi dissi. Questa domanda la fa ad ogni donna che varca la soglia di questa stanza. Ora rispondigli.

"Vuoi dire... se sono interessata a lavorare al piano?"

Lavorare al piano. Lo chiamavamo così. Almeno, era così che lo chiamavano le ragazze che facevano quel lavoro, invece di essere troppo dirette. 'Lavoro al piano del Club V', era qualcosa che potevi dire in pubblico e sembrare comunque rispettabile, quando in realtà dire che lavoravi al piano significava che eri pagata per fare sesso con uno o tanti uomini, ed era spesso coinvolto BDSM a diversi livelli o molto altro ancora.

"Sì, è proprio questo che ti sto chiedendo".

Avrei mentito se avessi detto che non avevo mai pensato di lavorare al piano. Sapevo quanto riuscivano a guadagnare le ragazze ed era davvero una tentazione. Anche se erano sotto contratto con il locale, avevano anche il permesso di coltivare 'relazioni professionali' con la maggior parte dei membri di rilievo del club al di fuori del locale, e il Club V faceva da broker o da intermediario per quel tipo di contrattazioni. Di quella parte si parlava molto poco. Ciò che succedeva nel club era privato e tutti lo sapevano. Nessuno ne parlava mentre era fuori. I membri pagavano molto bene per tenere il tutto lontano dai notiziari e dai giornali.

Quello che sapevamo noi impiegati era che le attività del club sfioravano molto da vicino diversi limiti legali e sarebbe bastata una sola soffiata e un qualcosa di sbagliato sui registri e tutto sarebbe andato in fumo. Si trattava di prostituzione organizzata su una scala vastissima, o almeno, è così che l'avrebbero vista le forze dell'ordine e il governo se mai avessero deciso di indagare abbastanza a fondo. Ero arrivata alla conclusione che il Club V avesse i suoi agganci abbastanza profondi con qualche pesce grosso ed era questo che evitava che ci fosse una retata in una qualsiasi delle sedi.

Ma ero interessata a fare io stessa quel tipo di lavoro? Sapevo che avevamo il permesso di impostare i nostri personali livelli di comfort. Avrei potuto lavorare al piano senza fare altro che sedere sulle ginocchia di qualcuno, qualche bacio qui e là, magari una sega di tanto in tanto. Ma sapevo che le donne che iniziavano a farlo programmando di non andare troppo oltre riuscivano raramente a mantenere i loro limiti. Una volta lì era invitante, soprattutto quando ti veniva offerta la cena e da bere da uno degli uomini più affascinanti su cui avessi mai posato gli occhi. Quando ti ripeteva in continuazione quanto ti desiderasse. Che voleva portati in una delle stanze sul retro, aprirti le gambe e affondare con la lingua nella tua fica. Mi sentivo fremere al solo pensarci.

Ovviamente ci avevo riflettuto. E forse lo avrei fatto, se non fossi stata ancora vergine. Quello era stato l'ostacolo che mi aveva sempre fermata. Non mi sarei concessa solo per quello. I soldi non erano male, ma non erano poi così tanti. Non ne avevo un bisogno così disperato.

Scossi la testa rivolta a Jake. "No, per ora non sono interessata a lavorare al piano".

Mi guardò sollevando un sopracciglio. "Per ora, quindi magari in futuro?"

Sorrisi e abbassai gli occhi leggermente. "Ci sono un paio di cose nella mia vista personale che vorrei risolvere prima di considerare un lavoro del genere".

Jake annuì e mi guardò attentamente, avvicinandosi a me. Feci un respiro profondo, rendendomi conto che eravamo a pochi centimetri di distanza. Non capivo se si trattasse dell'effetto che quel locale aveva su di me o se ero davvero attratta dall'uomo, o forse era una combinazione delle due cose. Lui allungò la mano e mi scostò una ciocca di capelli dalla faccia.

"Bene, tieni a mente la mia offerta semmai sarai interessata. Per quanto mi riguarda, è sempre valida per te".

"Lo apprezzo, davvero". La sua mano si posò con leggerezza sulla mia spalla e sentii il mio cuore accelerare.

"C'è solo una cosa", disse, aggrottando la fronte e guardando verso la mia camicetta. "I tuoi bottoni. Ti dispiace?"

Oddio, avevo dimenticato di allacciare un bottone della camicia? Era per questo che stavo attirando tutta quell'attenzione sul treno? Forse avevo messo su un bello spettacolino per tutti i passeggeri.

"N-no..." balbettai.

Con mani sapienti, Jake slacciò due dei bottoni della camicia, aprendola per liberare un'ampia porzione del mio seno e un cenno del pizzo rosso del mio reggiseno. Poi spostò la mano e si tirò indietro educatamente.

"È uno standard del Club V di New York... i primi quattro bottoni devono essere slacciati. Puoi tornare indietro seguendo il corridoio, poi gira a destra. Celeste sarà lì per mostrarti il bar, così potrai iniziare".

Uscii dall'ufficio di Jake completamente perplessa. Non sapevo bene cosa mi aspettassi che accadesse, ma il fatto che lui mi sbottonasse la camicetta non l'avevo immaginato. Non mi sembrava che ci fosse stato niente di particolarmente sessuale o inappropriato al riguardo. Onestamente, il fatto che mi avesse scostato i capelli dalla faccia era anche peggio dell'avermi slacciato i bottoni. Non mi aveva dato nessuna indicazione di essere attratto da me. Più ci pensavo mentre tornavo indietro lungo il corridoio semi buio, più iniziavo a credere che rivolgesse le stesse parole e promesse a ogni ragazza che varcava le porte del club per motivi di lavoro. Certamente, avrebbero preferito che una giovane donna come me lavorasse al piano, invece che dietro al bancone del bar.

La mia età. Era stato quello a fare la differenza. Sembravo più grande, quindi non avrei attratto la fetta di clienti che era qui per quelle più giovani, ma sapere che avevo solo diciannove anni avrebbe davvero eccitato alcuni di questi tipi. Inoltre, il fatto di essere vergine... annotai mentalmente di tenermelo per me. Suzy lo sapeva, ma lei era la mia migliore amica ed era a casa. Non c'era bisogno che nessuno qui sapesse questo piccolo dettaglio riguardo alla mia vita personale.

Il bar era proprio dove aveva detto Jake; trovai Celeste in piedi lì davanti che guardava il foglio dell'inventario.

"Ciao, Celeste?"

Lei alzò gli occhi dalla sua cartellina e sembrava solo leggermente infastidita di essere stata interrotta. Potei velocemente confermare che la regola dei quattro bottoni era davvero uno standard del Club V di new York.

"Devi essere Samara. Benvenuta nel mio bar". Fece un movimento rapido della mano. "È il mio bar. Devi ricordartelo. So che a casa fai onore allo standard della vostra sede e sono sicura che sia uno standard molto alto e va bene così. Ma devi ricordarti che questo posto è mio, sono io che gestisco tutto, e anche se sarò felice di aiutarti all'inizio, tu sei qui per darmi una mano. Non il contrario".

Annuii. "Capito".

Mi guardò per bene. "Vedo che hai incontrato Jake e che ti ha informato della nostra regola dei quattro bottoni". Alzò gli occhi al cielo. "In genere è del tutto innocuo. Sto iniziando a chiedermi se non sia una specie di battuta tra lui e gli altri proprietari. Comunque, visto che non sei sul punto di andartene via per fare una denuncia di molestie sessuali, direi che sei pronta a iniziare, giusto?"

"Sì, prontissima, quando vuoi".

Celeste posò la cartellina. Portava i capelli in una caschetto corto e dall'aspetto serio ed era evidente che questa donna fosse molto decisa.

"Allora, l'organizzazione qui è abbastanza standard. Non credo che avrai problemi dietro al bancone. Il sabato è sempre molto affollato e con la pubblicità che hanno fatto ci aspettiamo almeno il doppio dei clienti abituali. Non sono del tutto sicura che ci abbiano pensato bene, ma dovremo darci da fare".

Celeste sembrava esasperata. "Insieme a tutto questo, ci

sono anche alcune delle nostre ragazze che si sposteranno al piano principale e al piano superiore. Lavori al secondo piano del tuo locale?".

Scossi la testa. "Non più. All'inizio ci ho lavorato un po'".

"Qui c'è la stessa impostazione, se ti capiterà di salire. Salone principale aperto, qualche spazio privato e il bar con vista".

Il bar con vista era una delle poche cose che attirava l'attenzione al Club V. Non ero sicura di come lo avessero impostato in questa sede, visto il tipo di architettura che aveva l'edificio, ma a casa era un bar che si apriva su un balcone. Molte persone arrivavano all'ingresso chiedendo di potervi accedere, pensando di poter arrivare così e prendere un drink. Sembrava una buona pubblicità e i membri erano abbastanza lontani dal livello della strada, in questo modo potevano mantenere la loro privacy.

"In tutto abbiamo la stessa impostazione di base di tutte le altre sedi, l'unica differenza è che New York è la più grande. Potresti scoprire che qui le cose sono un po' più folli di quello a cui sei abituata e non so se ti hanno detto di stare in guardia, ma dovresti. Non voglio dire che le persone qui sono aggressive, ma a volte non fanno attenzione a chi fa parte dello staff del bar e chi lavora al piano, anche se dovrebbe essere piuttosto chiaro".

Sapevo cosa voleva dire. Anche a casa avevamo chi lavorava al piano, ma non era la parte principale degli affari. Sarebbe stato troppo rischioso far diventare il Club V un semplice bordello. La maggior parte delle persone si incontrava lì per fare sesso. Era più una questione di farlo davanti a un pubblico e trovare persone interessate alle tue stesse attività. Le impiegate che lavoravano al piano erano solo valore aggiunto e una parte di ciò che rendeva il locale un posto divertente.

Una folla di uomini d'affari si avvicinò al bar e l'atteggiamento di Celeste cambiò completamente. "Signori! Cosa posso servirvi questa sera?", gli rivolse un sorrisino affascinante e fece l'occhiolino a uno di loro mentre si sistemavano lungo il bancone. Prendendo gli ordini iniziammo a preparare i drink e lei si girò verso di me per parlarmi a bassa voce.

"Non avrai problemi. Questo posto è più gande, le persone più importanti, ma sei qui per fare la stessa cosa". Alzò lo sguardo sulla folla. "Ma preparati. Credo che sarà una nottata movimentata".

"Cece? Abbiamo finito il vermouth". Disse una delle bariste dall'altro lato del bar e mi ci volle qualche secondo per capire che stava parlando con Celeste. Era stata una nottata molto impegnativa, con molti ordini di martini e ora a mezzanotte sembrava che avessimo finito l'ingrediente principale.

"Guarda nel magazzino", rispose, cercando di continuare a sorridere ai clienti che aveva davanti. Era velocissima mentre serviva al bar e non c'era da meravigliarsi che agli uomini piacesse starle il più vicino possibile. Aveva quel tipico humor vivace che gli piaceva perché gli dava qualcosa con cui scontrarsi, ma era completamente intoccabile. Scoprii nel corso della serata che Celeste era felicemente sposata, sua moglie era incantevole e avevano due bellissimi bambini.

"No, questa bottiglia l'ho presa proprio da lì". La barista sollevò una bottiglia di vermouth vuota e la scosse davanti a sé. "Era l'ultima".

"Cazzo", imprecò Celeste sottovoce. "Dobbiamo assolutamente ordinarne altre lunedì. Samara...", si girò verso di me e assottigliò lo sguardo. "Penso di sapere dove trovarne altre, ma si tratta di uno degli stanzini al secondo piano. Chiamerei di sopra per chiedere a qualcuno di portarmele, ma non rispondono mai al telefono lassù al bar con vista. Torna nel magazzino, prendi il montacarichi fino al secondo piano, ti troverai in un corridoio. Vai a destra e poi a sinistra, poi di nuovo a destra, lì troverai una porta sulla sinistra. Guarda lì, dovrebbe esserci del vermouth. E se non lo trovi, vai al bar del secondo piano e rubane una bottiglia o due".

"Perfetto, capito", dissi mentre mi infilavo dietro al resto dello staff del bar diretta verso la zona del magazzino. Il montacarichi era stato abbastanza facile da trovare e scattò verso l'alto, quando premetti i pulsanti. Mi ritrovai proprio dove mi aveva detto Celeste, ma quando arrivai sul pianerottolo avevo già dimenticato le indicazioni precise che mi aveva dato lei. Aveva detto a destra, poi a sinistra e poi una porta a sinistra, giusto?

Presi il corridoio e girai a sinistra, poi proseguii e invece di arrivare a delle porte mi trovai in una stanza, una sorta di ingresso, c'era un'apertura sulla destra e una a sinistra. Davanti a me avrei potuto proseguire e mi sarei trovata nella parte principale del secondo piano. Andai a sinistra in quell'ingresso, lontano dai bassi pulsanti che lanciava il DJ, e alla fine trovai una porta. Tuttavia, non si trovava sulla sinistra, il che mi confuse, ma la aprii ed entrai in una stanza buia. Di certo sembrava uno stanzino.

Tastai la parete in cerca di un interruttore della luce, ma non trovai nulla. Avevo il telefono in tasca, e avrei potuto usarlo come torcia se ne avessi avuto bisogno, ma tastai anche davanti a me per capire cose avevo davanti.

Le mie mani toccarono una tenda di velluto e io la varcai. All'improvviso mi resi conto che ovunque mi trovassi, era decisamente una stanza più ampia di uno sgabuzzino. Quando superai la tenda e mi trovai in una zona poco illuminata, capii che avevo preso la strada sbagliata, ma ero troppo sconvolta da ciò che vidi per girarmi e scappare via.

4

Una parte di me si chiese cosa cazzo stessi guardando, mentre un'altra parte sapeva esattamente cosa c'era davanti a me.

In fondo a questa grande stanza c'era un palco e su questo palco stavano in piedi cinque donne completamente nude; ognuna indossava un collare. C'era un direttore d'asta che prendeva le offerte per una delle donne al centro del palco. Sembrava tutto molto civile e normale mentre osservavo gli uomini nella stanza che sedevano in poltroncine tonde, alcuni erano da soli, altri con donne, qualcun altro, invece, sembrava essere accompagnato dai suoi soci.

"Lei è Clara", lesse il direttore d'asta dal suo quaderno foderato in pelle e posato su un podio. "Ha 22 anni, frequenta l'Università di New York ed è all'ultimo anno. Negli ultimi 17 anni ha studiato danza. Prego, Clara, voltati per noi".

Guardai mentre Clara esaudiva la richiesta; ero completamente incantata e sbigottita da ciò che stavo vedendo e ascoltando. Stavano davvero mettendo all'asta delle donne qui, al secondo piano del Club V.

"Clara, come tutte le incantevoli signorine nostre ospiti di questa sera, rispetta tutti i requisiti standard. È vergine e come si capisce dal collare verde, è disposta a fare sesso, un po' di bondage e... sesso anale? Fai anche sesso anale, Clara?

Clara si girò e sorrise timidamente al banditore dell'asta e al pubblico, poi annuì.

"Ah, molto bene. Perché non ti chini per i nostri offerenti".

Continuai a osservare, ipnotizzata, mentre Clara si chinava in avanti e apriva le natiche, mostrando ai potenziali compratori nel pubblico sia il culo che la fica. Non riuscivo a credere a ciò che c'era davanti ai miei occhi. Volevo scappare, uscire da quella stanza senza che nessuno mi notasse, ma c'era qualcosa in tutto questo di così... sconvolgente e scintillante, volevo quasi vedere lo spettacolo fino alla fine.

"Molto bene, Clara. Ora puoi girarti di nuovo. Come vedete Clara ha un seno piccolo, è una seconda. Sta molto attenta al suo fisico per via della danza e nel fascicolo c'è una nota in cui si dice che il bondage deve essere eseguito con molta attenzione, in modo da non lasciare lividi o segni poiché ha uno spettacolo tra meno di un mese". Il banditore alzò lo sguardo sul pubblico. "Questo vuol dire che lei farà bene a starne lontano, Signor Delaney".

Qualche membro del pubblico rise a quella battuta e poi il banditore iniziò a chiedere le offerte.

A questo punto ne avevo avuto abbastanza. Non riuscivo a credere a cosa stessi vedendo, non potevo credere che i pettegolezzi fossero veri e che stessero seriamente mettendo all'asta delle vergini al secondo piano del Club V. Dovevo andare via da lì e anche in fretta, prima che qualcuno mi notasse lì in piedi mentre guardavo un'operazione quasi illegale.

Mi girai e mi scontrai subito contro un muro di mattoni che non ricordavo, poi mi resi conto che non erano mattoni, era uno degli uomini più enormi che avessi mai visto e nonostante la luce soffusa riuscii a leggere il nome sulla targhetta, c'era scritto "Carl".

"Come sei entrata qui?", sussurrò bruscamente, mentre mi afferrava per un gomito e mi trascinava di nuovo oltre la tenda di velluto, scortandomi poi oltre la porta fino al corridoio.

"Stavo cercando..."

"Hai trovato quello che stavi cercando? Cosa pensi di fare ficcando il naso qua su? Sai che non dovresti essere in questa parte del locale. Non so chi cazzo ti pensi di essere, ma ti porto giù nell'ufficio di Vance, subito".

Il cuore cominciò a battermi all'impazzata, mentre il buttafuori mi trascinava lungo il corridoio portandomi verso un altro ascensore, che ci portò nella zona degli uffici. Carl non ascoltava nessuna delle mie giustificazioni.

"Puoi parlarne con Vance. Sai che non dovevi stare lì. È una zona privata. Perderai il lavoro per questo".

Furiosa e quasi alle lacrime, incrociai le braccia sul petto e mi resi conto che dovevo sembrare una bambina capricciosa, ma non mi sarei lasciata trattare così da un buttafuori. Mi sarei spiegata con questo Vance, o con Jake, se solo fossi riuscita a capire dov'era. Avrei fatto venire Celeste a darmi una mano. Stavo solo cercando del vermouth!

La porta di uno degli uffici era leggermente aperta e Carl bussò prima di portarmi dentro.

"Signor Vance, questa era nella stanza delle aste".

"Ah, davvero?" L'uomo alzò lo sguardo dai documenti sulla scrivania, era quasi divertito nel vedermi accanto all'enorme figura di Carl. "Mi chiedo come sia riuscito un topolino così ad arrivare fin là. Stavi cercando di arrampicarti anche tu fino al pulpito dell'asta?"

"Posso spiegare..." Iniziai a dire, ma fui subito interrotta.

"Sì, ne sono certo. Carl, grazie per averla portata di sotto. Puoi tornare di sopra, in caso ci siano nuovi infiltrati che cercano di infilarsi nell'asta".

"Sì, signore", disse Carl mentre si voltava e mi lasciava lì nell'ufficio di Vance.

"Vieni, siediti. Facciamo due chiacchiere".

Seguii le sue istruzioni, disposta a fare tutto il necessario per tenermi il lavoro. Ovviamente, ci sarebbe voluto qualche minuto per spiegarmi, ma sapevo che quando sarei riuscita a far chiamare Celeste per venire in mio aiuto, tutto sarebbe andato per il meglio.

Mi sedetti davanti a lui e ora, più vicina, riuscii a vedere quanto fosse davvero affascinante quest'uomo, che immaginavo fosse un manager o uno degli altri proprietari. Aveva i capelli scuri e un accenno di barba sul mento. Quel minimo che lo faceva apparire sexy e un po' trascurato. I suoi occhi erano di un incredibile e profondissimo blu e il resto del suo corpo sembrava quello di una statua greca appena tornata in vita. Almeno, era una statua con i vestiti. Cazzo, era proprio un fico!

Mi sorprese a fissarlo e sorrise. "Come ti chiami?"

"Samara Tanza".

"E cosa ci fai qui questa sera, Samara Tanza? Dio, questo nome scivola come miele sulla lingua".

Incrociai le braccia e cercai di rimanere il più possibile composta. "Sono qui per lavorare al bar. Vengo dalla sede del New Jersey e mi hanno chiamata per dare una mano allo staff del bar".

Lui annuii. "Molto bene. Che te ne pare del club di New York? Com'è rispetto a quello del Jersey?" Sembrava stesse cercando di imitare un accento del New Jersey e non mi fece affatto una buona impressione. In effetti, era una delle cose che odiavo di più al mondo, ogni volta che qualcuno cercava di scherzare o muovere critiche sul posto che chiamavo casa. Era abbastanza dura superare i pregiudizi sul New Jersey che si trovavano spesso a New York, ma sentire che questo tipo me li sbatteva in faccia così senza ritegno era fin troppo.

"Onestamente? Preferisco il Jersey".

Lui rise. "Il Jersey è fantastico. Anche a me piace tantissimo.

Ho della famiglia da quelle parti. Allora, vuoi dirmi come sei riuscita a trovare la strada per il nostro evento più esclusivo e privato?"

Scrollai le spalle. "È stato un incidente. Abbiamo finito il vermouth e Celeste mi ha mandata in uno degli stanzini del secondo piano per cercarne un po'. Ho girato dalla parte sbagliata una volta... forse più di una volta, e sono finita lì".

"E cosa hai visto?"

Espirai profondamente. "Ho visto molto. Molto più di quanto volessi vedere".

"Sì, ma..." fece una pausa e mi guardò per qualche momento. "Capisci cosa hai visto lì?"

Pensava forse che fossi nata ieri? Come era possibile che qualcuno vedesse una cosa del genere e non capisse di che cosa si trattava?

"Ho visto una ragazza di nome Clara che vendeva la verginità al migliore offerente", dissi, il mio tono indicava chiaramente cosa pensavo del modo in cui mi stava interrogando.

Il signor Vance annuì. Stava cominciando a capire che non ero appena arrivata su questo pianeta e che sapevo qualcosina sul come girava il mondo e su cosa stava succedendo lì.

"Ah sì, Clara. L'ho intervistata io. È una dolce ragazza, farà strada nella vita". Mi guardò con un sorrisino diabolico. "Hai per caso visto chi l'ha vinta?"

"Non sono rimasta abbastanza per scoprirlo", risposi secca.

"Probabilmente il principe. Ama le sue ballerine. In genere non permettiamo ai nostri offerenti di tornare più di un paio di volte l'anno, ma lui è così abitudinario e non si fa mai problemi a pagare i nostri prezzi, quindi come posso dire di no?" Disse lui mentre con il lungo anulare si toccava le labbra, come se stesse contemplando la sua stessa domanda.

Restai a bocca aperta e poi la richiusi, non volevo fargli capire esattamente cosa pensassi di questo tipo di affari. Credevo che le donne avessero il diritto di fare tutto ciò che volevano con il proprio corpo, ma avevo qualche difficoltà a credere che qualsiasi donna avrebbe concesso la propria verginità a un perfetto sconosciuto. Solo che in questo caso c'erano un casino di soldi coinvolti e sapevo quanto fosse invitante una cosa del genere. Non ci ero passata anche io? Di certo non avrei mai varcato le porte del Club V se non fosse stato per gli incoraggiamenti di Suzy e la verità era che avevo disperatamente bisogno di uno stipendio.

"Hai qualche domanda, Samara?" Chiese lui mentre continuava a picchiettare le dita sotto il mento fissandomi senza battere ciglio.

"Riguardo a cosa?"

"Beh, riguardo al nostro modo di operare, cosa facciamo qui, o come funzionano le cose al piano di sopra. E comunque, io sono Neil. Puoi chiamarmi così se ti va".

Mi morsi il labbro in silenzio e poi parlai. "Ho qualche difficoltà a credere che una giovane donna abbia davvero voglia di concedersi così a un uomo a meno che non ci siano molti soldi coinvolti. Sembra coercizione".

"Capisco perché la pensi così", rispose lui. "La verità è che tutti gli offerenti sono scelti con grande attenzione e lo sono anche le donne che si presentano all'asta. Nessuno viene obbligato. Sono tutti lì perché vogliono esserci. E mi piace pensare che tutti quelli che escono da quella stanza sono felici alla fine. Si spera che dopo siano ancora più compiaciuti", disse Neil ridendo timidamente.

"So che ci sono cose che guidano persone a prendere quel tipo di decisioni, è stato solo... diverso vederlo così da vicino. Non so cosa mi aspettassi, ma non era quello".

Neil annuì. "Allora ti consiglio di dimenticare tutto ciò che hai visto. Fai finta che non sia mai successo. Fai finta di non avere mai lasciato il bar questa sera. Chiederò a qualcuno di andare a prendere il vermouth al posto tuo e potrai dire a Celeste che eri qui con me. Questo dovrebbe tenerti fuori dai guai... ecco, la maggior parte dei guai in cui puoi cacciarti con lei. Devo essere onesto con te, Celeste fa un po' quello che vuole qui", rise di nuovo. "Seriamente, dimentica quello che hai visto. A meno che..."

"A meno che, cosa?", dissi aggrottando la fronte.

Abbassò il tono di voce e giuro che quella sua voce sexy diventò ancora più affascinante. "A meno che non ti piaccia quello che hai visto".

"Ah! Sì, certo", ribattei.

Quasi a comando, e come se fosse uscita dal nulla, una donna entrò dalla porta. E proprio come le donne al piano superiore, dove si teneva l'asta, anche lei era completamente nuda, fatta eccezione per una collana. La sua aveva un diamante, mentre quella di Clara era uno smeraldo. Ma la collana di certo non avrebbe attratto l'attenzione di qualcuno. Mentre entrava nell'ufficio di Neal portando un vassoio con un drink, i suoi seni danzavano, le scure punte rosa sporgevano sull'attenti. Era la perfezione e sulla sua pelle liscia non c'era neanche un pelo. Le sue labbra erano di un rosso intenso, lo stesso colore che ricopriva la maggior parte delle superfici al Club V, aveva pochissimo trucco sul viso e i suoi lunghi capelli biondi erano tirati indietro in una coda.

"Signor Vance", disse mentre si avvicinava alla scrivania e posava il drink.

"Grazie, tesoro. Samara, questa è Asia. Lavora al secondo piano e ogni tanto le piace portarmi qualcosa da bere. Quando glielo dico". Neil le diede una pacca sul sedere e lei ridacchiò, poi si morse un labbro come se cercasse di darsi un contegno.

Annuii cordialmente verso Asia, ma tenni gli occhi puntati su Neil. La donna era incredibilmente attraente ed era difficile non fissare il suo corpo nudo, ma non volevo che Neil pensasse di avere un qualche controllo su di me.

"Tornando a noi... sei sicura che non ti sia piaciuto un po' di quello che hai visto, Samara? Sei sicura che non ci fosse niente di tuo piacimento?"

Scossi la testa sentendo l'umidità diffondersi nelle mie mutandine. Non avrei ammesso che per una frazione di secondo, guardando Clara che si presentava davanti agli offerenti, mi ero chiesta cosa si provasse a stare là, ad aprire le gambe davanti a uomini e donne che guardavano. Cosa si provasse ad essere lì davanti a tutti, ad ascoltare le persone che facevano offerte e lottavano su chi avrebbe potuto avermi la prima volta?

"No, per niente", risposi secca.

Neil mi guardò intensamente e sorseggiò dal suo bicchiere. Poi continuando a fissare i suoi occhi nei miei, sollevò una mano e infilò un dito tra le labbra del sesso di Asia. Feci del mio meglio per evitare che la mia faccia mostrasse dello shock, ma dovetti tenermi stretta ai braccioli della sedia per evitare di cadere.

Lui continuava a carezzarle il sesso e io non riuscivo ad evitare che i miei occhi scattassero per guardare quanto fosse bagnata, il suo dito era rivestito di umidità. Lei chiuse gli occhi, si stringeva entrambi i capezzoli mentre lui le stimolava il clitoride ritmicamente.

Sbattei gli occhi e rivolsi di nuovo lo sguardo a Neil.

Lui sollevò un sopracciglio e mi guardò divertito. "Non ti stai chiedendo cosa sta succedendo a Clara in questo momento? Si starà forse facendo scopare bene da qualcuno che sa come farlo? Riesci a immaginarlo... la prima volta di una donna con qualcuno che sa esattamente come compiacerla? Sono davvero in poche ad averne la possibilità. Sul serio, deve essere una sensazione incredibile avere qualcuno si prenda del tempo con te, che ti porti sul baratro del piacere, ancora e ancora, e poi finalmente ti permetta di farti avvolgere da quella sensazione... proprio quando affonda dentro di te".

Mi schiarii la gola. Asia stava gemendo a voce alta ora e io cercavo di non muovermi sulla sedia. Ero bagnata e sapevo che quella sensazione era cresciuta dal momento in cui avevo visto le ragazze sul palco al piano di sopra. Ora mentre guardavo questo uomo così meraviglioso che scopava con le dita una delle donne più belle che avessi mai visto, riuscivo appena a trattenermi dall'allungare la mano verso il basso e...

"Stai bene, Samara? Sembri un po' affannata".

Affondò con maggiore intensità nel sesso di Asia e un secondo dopo lei iniziò a contorcersi sulle sue dita, si mordeva un dito per evitare di urlare mentre veniva sulla mano di lui.

"Penso che abbiamo finito qui", dissi, ma aspettai che mi dicesse che potevo andare.

"Tu forse", disse Neil con un sorriso. "Ma credo che io e Asia abbiamo appena cominciato". Con la mano libera prese un biglietto da visita e me lo porse, due dita dell'altra mano erano ancora in Asia. "Samara, se avrai mai bisogno di qualcosa, sentiti libera di farmi una telefonata. Dico sul serio. Qualsiasi cosa".

Mi fece l'occhiolino e con questo mi alzai e mi girai per andare via, volevo uscire dal suo ufficio e scappare da qualsiasi cosa stesse per succedere tra lui e la cameriera. Feci una piccola deviazione, stando attenta alla strada questa volta e trovai il più vicino bagno delle donne. Entrai in fretta, mi chiusi la porta alle spalle con il lucchetto. Era un bagno singolo, probabilmente era solo per lo staff e fui grata di quel momento di privacy.

Cosa avevo appena visto e perché mi stava facendo sentire così? Cercai di spingere via quei sentimenti, ma ero così eccitata e sapevo che non c'era alcun modo di finire il mio turno con questo bisogno crescente dentro di me.

I miei capezzoli erano duri come rocce e li strinsi forte attraverso la camicetta. Era piacevole, ma potevo solo immaginare cosa volesse dire sentire le labbra di Neil, o perfino di Asia, intorno alla mia carne sensibile.

Mi tirai su la gonna e infilai la mano nelle mutandine, le trovai bagnate e sentii il mio clitoride pulsante e gonfio. Senza trattenermi mi strofinai velocemente con foga e non ci volle molto prima di sentire il calore di un orgasmo abbattersi su di me facendomi sussultare a voce alta. Mi guardai nello specchio e pensai a quanto sarebbe stato fortunato ad avermi uno di quegli uomini al piano di sopra, anche se sapevo che non avrei mai fatto una cosa del genere.

Mi lavai le mani e cercai di darmi una sistemata, poi tornai al bar. Lì trovai una Celeste esasperata. Ma Neil non aveva mentito. Aveva un paio di bottiglie di vermouth e ora tutti i tipi che volevano illudersi di essere James Bond per una sera erano soddisfatti e felici dei martini tra le loro mani. Quando Celeste mi vide mi guardò con uno sguardo affilato.

"Ero con Neil... il Signor Vance".

Non credevo davvero che quelle potessero rivelarsi delle parole magiche, ma il viso di Celeste si addolcì e annuì, eppure c'era ancora uno sguardo curioso nei suoi occhi.

"Va tutto bene?"

Annuii per rassicurarla. "Sì, tutto bene. Scusa per il vermouth. C'era stato un malinteso".

Celeste fece un gesto con la mano per dirmi di non preoccuparmi, e insieme portammo a termine quel sabato sera. Non ero mai stata così felice di finire un turno e tornare a casa nel Jersey come quella mattina, con l'alba che si affacciava all'orizzonte.

5
───────

Entrai sotto la doccia per godermi il getto caldo dell'acqua, rilassandomi sotto i rivoli bollenti che percorrevano la mia pelle. Lasciai che l'acqua mi scivolasse sul viso, chiedendomi come sarebbe stato cedere la mia verginità, continuando a meravigliarmi incredibilmente di quanto avevo visto al Club V di New York. Non riuscivo a togliermi quell'immagine dalla testa. Alzando la mano, iniziai a lavarmi i capelli, insaponando i miei lunghi riccioli con lo shampoo. Chiusi gli occhi e iniziai a canticchiare una vecchia canzone, quando sentii il lieve rumore della porta del bagno che si apriva sotto il suono della doccia.

Non mi sembrava neanche di averlo sentito davvero.

Tenni gli occhi chiusi e sentii la porta della doccia aprirsi con un lievissimo click, per poi chiudersi di nuovo. Delle mani forti iniziarono a carezzare il mio corpo, massaggiando un bagnoschiuma profumato su tutta la superficie del mio corpo. Ogni parte di me avvampò improvvisamente nel sentire quelle forti mani che mi esploravano. Mi bagnai all'istante, era un caldo bagnato che non aveva nulla a che vedere con l'acqua e che stava fluendo lungo le mie cosce.

Era lui.

Avevo già immaginato il suo tocco.

Lo desideravo.

Spinsi il mio sedere leggermente all'indietro, e fui subito ricompensata, con mia piacevole sorpresa, da una leggera carezza della sua lingua sul mio picco turgido. Fui percorsa da un tremito di piacere, si era inginocchiato dietro di me.

Volevo a tutti i costi sentire la sua lingua sul mio ano. Gemetti di piacere, mentre lui continuava a carezzarmi la coscia con la sua mano forte per poi posarla sulla mia vulva, il suo pollice aprì con fermezza le mie labbra più segrete.

Oddio!

Il suo tocco era così piacevole. Posai entrambe le mani sul muro e allargai ancora di più le gambe, per dargli un migliore accesso alla mia fica. La sua lingua non cessò mai il suo lento tormento, premendo contro il mio buco stretto, cercando un'entrata, solo per poi tirarsi indietro dopo una serie di leggere carezze umide.

I miei capezzoli erano duri come sassi e li sentivo tirare, ero certa che stesse per arrivare un orgasmo. Lunghi riccioli biondi mi ricadevano sul viso, si muovevano fluidi mentre spostavo la testa al ritmo dei miei tremiti di piacere.

Il suo pollice non si spostò mai, quindi iniziai io a muovermi su di esso, seguendo il ritmo della sua lingua, assaporando il modo in cui il suo polpastrello sfiorava il mio clitoride gonfio.

Oh, cazzo. Ero così vicina.

Iniziai a respirare a fatica, i miei fianchi iniziarono a scattare di propria volontà. Adesso stavo gemendo a voce alta, non dovevo comportarmi bene per lui. In questo momento ero una creatura di puro desiderio.

In qualche modo lui lo sapeva, perché si alzò e spinse dentro di me la dura e grossa lunghezza della sua erezione riempiendomi così all'improvviso, allargando le mie pareti vergini; era così fantastico che gemetti di piacere, mentre l'orgasmo esplodeva dentro di me percorrendo tutto il mio corpo.

Mi appoggiai alle piastrelle bagnate in cerca di supporto, sentendo le ginocchia deboli per la sensazione, mentre il mio corpo tremava di piacere. Iniziò a muoversi spingendo dentro e fuori di me, negandomi di proposito ogni sollievo alle potenti sensazioni che seguivano alle sue azioni. Mi stava spingendo verso un nuovo orgasmo.

Il peggio e il meglio di tutto questo era che sembrava del tutto immune al piacere inebriante in cui eravamo avvolti. Cercai di resistere finché lui non fosse venuto, ma la fine non sembrava arrivare mai. Quando iniziò a mostrare qualche segno di cedimento io stavo già implorando per un altro orgasmo... per la seconda volta.

Mentre spingevo contro la parete, la mia fica pulsava di piacere e desiderio, l'odore del sesso aleggiava nell'aria e si mischiava al vapore della doccia. Cominciai a chiedermi come facesse a sapere di dover manipolare il mio corpo in quel modo? Ma alla fine non mi importava, mi bastava venire di nuovo.

Si mosse dentro di me lentamente, usando la sua erezione per carezzare le mei pareti interne, rispingendomi oltre i limiti del mio orgasmo, negandomi una tregua da tutte quelle sensazioni evitando al contempo un'eccessiva stimolazione.

Cazzo, stavo godendo davvero e avevo bisogno di lasciarmi andare di nuovo, ma era chiaro che non me l'avrebbe concesso. Adesso il suo indice era fermo immobile sul mio clitoride, e la sua altra mano mi teneva il fianco per supportarmi; era posizionato nel modo perfetto per tormentarmi per ore. Sapevo che nonostante i desideri del mio corpo, sarebbe stato felice anche di tenermi in questo stato post-orgasmico per un'altra ora, finché non sarei stata ridotta a dimenarmi di piacere, e implorare di venire.

Il suo dito toccò il mio clitoride un paio di volte e io giurai di aver visto le stelle. Era incredibile, ma dovevo venire di nuovo. Ma qui, ora, con la sua erezione completamente affondata dentro la mia fica bagnata. Riuscivo a sentire solo i miei gemiti e sussulti, le sue mani su di me che mi guidavano a sfiorare il mio dolce orgasmo senza poterlo toccare davvero; sapevo che non avrei potuto averlo.

Sentivo il corpo fremere e tremare di contentezza nel sapere che stava deliberatamente negando l'orgasmo. Mi stava mostrando come consegnarmi completamente a lui.

Controllava il mio corpo in ogni modo possibile, con un solo tocco. Riposai il viso contro le mattonelle fredde e mi resi conto che c'era una sola cosa da fare per trovare sollievo.

Implorare.

Aprii gli occhi mentre la luce del sole si insinuava nella mia coscienza, forzandomi ad emergere dal mio sogno. Cavolo! Avevo di nuovo scopato nel sonno, completamente immersa nel sesso più eccitante che avessi mai fatto. Sorrisi nel cuscino; questo era stato un sogno incredibile e le mie mutandine erano bagnatissime. Ero venuta nel sonno. Merda. Questi sogni erano stati una costante da quando avevo visto la stanza delle aste, e la ragazza completamente nuda in bella mostra sul palco si faceva ammirare da tutti i presenti.

Era ora di tornare alla realtà, altrimenti sarei impazzita!

———

Erano passati sei mesi dal mio viaggio a New York e da allora non era cambiato molto nella sede del Club V del Jersey. Continuavo ad andare al lavoro ogni volta che avevo un turno, gestivo il bar da sola quando Suzy non c'era, e quando era con me lo gestivamo insieme. Eravamo una coppia fantastica per il manager ed entrambe ricevemmo un aumento di stipendio.

"Non so come potrò mai iniziare a lavorare in un'azienda. Lì non ti danno le mance, vero?" Chiese a Suzy con una risata e aggrottando la fronte.

"Magari non ti danno le mance, ma a volte se fai la brava ti danno una macchina aziendale. Ah, e i bonus natalizi!"

"Uhm, sì, ora non sembra così male".

"Ma in quell'ambiente la gente non può infilarti 50 dollari nel reggiseno. O se lo fanno, puoi portarli in tribunale e ottenere un risarcimento di 500.000 dollari".

Suzy rise di nuovo. "Sul serio, Samara, potresti convincermi a convertirmi alla vita aziendale".

"Signorine, dovete sapere che non tutto è come sembra", si intromise Tommy Rollins dall'altro lato del bar. "Non importa quello che vedete in superficie, credetemi, c'è un altro aspetto che emerge raramente. Sapete, voi vedere tutte queste persone... questa gente che affolla questo posto nei finesettimana, e pensate che abbiano tutto. Ma voglio svelarvi un segreto: Questa gente non ha un cazzo di niente".

Tommy Rollins, un banchiere di successo, era ubriaco al mio bar per la quinta volta in cinque settimane. Non sapevo quale fosse il suo problema, visto che stavo cercando di limitare le conversazioni personali con lui, ma era chiaro che nella sua vita c'era qualcosa che non stava andando per il verso giusto, che fosse a casa o al lavoro. Immaginavo si trattasse del lavoro, e non volevo chiedere. Aveva rapporti con molte persone importanti e nel caso fosse davvero una questione lavorativa non volevo finire in una situazione in cui avessi dovuto testimoniare sulle rivelazioni che Tommy Rollins mi aveva fatto mentre era seduto al bar.

"Nessuno qui ha nulla...", le sue parole si mischiavano l'una con l'altra. "Forse voi due", disse girandosi di nuovo verso Suzy e me guardandoci con attenzione. "Sì, se dovessi tirare a indovinare direi che voi due siete le più ricche qua dentro. Avete una famiglia che amate?"

Suzy si stava spostando da un altro cliente e non aveva abboccato. Mi lasciò da sola a gestire Tommy.

Annuii, "Sì, ce l'ho".

Lui sollevò il bicchiere. "Buon per te. Sai cosa ho io? Tutto, cazzo. Avevo una moglie e una bambina... e poi la bambina è morta. E mia moglie non è riuscita a gestire la cosa. O meglio, io non ero 'lì per starle accanto' e lei è tornata da sua madre a Toronto. Voglio dire, che cazzo, donna, cosa vuoi che faccia? Tenerti stretta mentre piangi e pagare per tutte le stronzate che insisti di non potere fare a meno per vivere?"

Gli rivolsi un mezzo sorriso di conforto. "Mi spiace, Tommy. Non sapevo della bambina".

"Non c'è molto che puoi fare", disse. "I bambini muoiono. Strano, no? Un momento sono qui e sono così piccoli che faresti qualsiasi cosa per prenderti cura di loro, ma sono così fragili e ti chiedi cosa puoi fare per tenerli in vita. Poi un giorno ti svegli, come ogni altro giorno di tutti i tuoi quarant'anni di vita sulla terra... ma tua figlia no. Voglio dire, che cazzo Dio?"

Avevo pensato di interromperlo e chiamargli un taxi, ma dopo aver sentito quello che aveva da dire non ne ebbi il cuore. Non sapevo quanto fosse recente la sua perdita.

"Questo lo offro io, Tommy", dissi, facendo scivolare un altro scotch verso di lui. "Ma prendila con calma, ok? Non voglio preoccuparmi per te e stare in pensiero chiedendomi se sei tornato a casa sano e salvo o se ti sei preso cura di te".

Mi guardò come se stesse per scoppiare a piangere, e io cercai subito dei fazzoletti in caso ne avesse bisogno.

"Samara, dolcezza. Promettimi solo questo: fai tutto il necessario per tenere unita la tua famiglia. Non mi importa quanto sia difficile, non c'è niente di peggio che essere soli al mondo. Le cose ti vengono strappate di mano e potresti non avere il controllo della situazione, ma quando sei in controllo... fai tutto il possibile per la tua famiglia".

Annuii velocemente e mi spostai lungo il bar per assistere

un altro membro del club. Non succedeva spesso di avere questo tipo di conversazioni al mio bar. Dopo tutto, eravamo solo un club del sesso. Non c'era alcun dubbio a riguardo, quando si entrava nella sala principale. Ma gli sgabelli del bar in genere erano occupati da persone che si tenevano in disparte da tutto questo sesso ed eccitazione. Era come se volessero farne parte, ma senza essere davvero presenti e senza approfittare della situazione. Il che era un vero peccato considerando quando pagavano per varcare quelle porte e sedere lì per farsi servire dei drink da me.

Mi stavo lasciando un po' trasportare dai pensieri, mentre me ne stavo lì ad asciugare i bicchieri dietro al bancone. Forse tutta questa questione dello stare in disparte e non partecipare era qualcosa su cui dovevo riflettere in relazione alla mia vita. Stavo trascorrendo così tanto tempo al lavoro e a scuola che mi stavo perdendo così tante cose là fuori. C'era la possibilità che io avessi bisogno di ascoltare le mie stesse parole e iniziare ad applicarle alla mia vita se dovevo offrire questo tipo di consigli da dietro il mio bar.

"Come sta Tommy?", chiese Suzy mentre si avvicinava a me. "Sembrava che le cose si stessero mettendo male".

"Sì, ma credo che ora sia tutto apposto. Sono un po' preoccupata per lui, ma sembra che almeno lui abbia capito quali sono le cose importanti della vita. Io non sapevo che fossi passato per quel tipo di trauma".

Suzy alzò lo sguardo sulla sala, osservando la nostra folla del venerdì sera. Era abbastanza tranquillo per il momento, ma sarebbero arrivati presto altri clienti.

"Non si sa mai cosa portano con sé le persone".

Annuii e all'improvvisi sentii il telefono vibrare. Non ricevevo spesso chiamate mentre ero al lavoro, quindi lo presi e vidi che era mia mamma.

"Strano", dissi a bassa voce. "Suzy, devo rispondere. Torno subito".

Girai l'angolo e risposi alla chiamata.

"Ehi, mamma, come va?"

"Tesoro, devi venire all'ospedale. Tuo fratello è svenuto durante una partita di football e lo hanno portato d'emergenza in terapia intensiva. Ora siamo qui e io... non so cosa succederà ora..."

"Cosa?! Mamma, arrivo subito. Papà è con te?"

"È dentro con Josh adesso. Tuo fratello è di nuovo cosciente, ma presto lo porteranno via per fare delle analisi e dei test. È tutto così confuso al momento, non vogliamo lasciarlo da solo. Se puoi uscire dal lavoro penso che faresti bene a venire subito qui... presto, tesoro".

Chiusi la telefonata e tornai dietro il bancone del bar. Le mie emozioni dovevano essere evidenti sul mio viso, perché Suzy si rese subito conto che c'era qualcosa che non andava.

"Che è successo? Devi andare via?" Chiese, con la voce carica di preoccupazione.

"Sì", mi si spezzò la voce mentre parlavo. Annuii. "Sì, devo andare. È mio fratello. Non so cosa sta succedendo è svenuto durante una partita e adesso è in terapia intensiva. Mia mamma... pensa che sia bene che vada anche io, quindi..."

"Vai, vai subito. Prendi la borsa e vai".

Quasi in trance mi feci strada lungo il corridoio verso il camerino e presi le mie cose dell'armadietto, poi uscii di corsa dal locale fino alla mia auto.

Tutto successe in fretta da lì. Non ricordavo che strada avevo fatto per arrivare all'ospedale. Avevo fatto tutto in automatico, ricordando il periodo in cui ci andavo ogni giorno per fare visita a mio nonno. Mentre andavo, riuscivo a pensare solo a quanto amassi mio fratello e a come fossi disposta a fare qualsiasi cosa a questo mondo per accertarmi che stesse bene. Era un ragazzo così forte e divertente. Era sempre coinvolto in qualcosa, e faceva sempre ridere tutti. Le persone che lo conoscevano non potevano fare a meno di sorridere quando c'era Josh e tutti gli volevano bene.

Il pensiero di lui sdraiato su un letto di ospedale, pieno di tubi e cavi che lo collegavano a dei macchinari era terrificante. Era il mio fratellino, anche se non ci dividevano molti anni. Certo, crescendo avevamo sempre litigato come cane e gatto, ma la verità era che Josh era il membro della famiglia a cui ero più legata.

Avrei fatto tutto il possibile per rendergli la vita più semplice.

Le parole di Tommy mi tornarono in mente e rabbrividii. Era troppo strano che fosse successo tutto dopo quella conversazione.

"Ti prego, fa' che stia bene", dissi a voce alta rivolta al nulla mentre correvo lungo la strada che mi portava all'ospedale.

Arrivai, a malapena conscia di come fossi riuscita a trovare la strada, e parcheggiai nei posteggi del pronto soccorso. Correndo verso le porte automatiche aspettai impaziente, mentre si aprivano lentamente e le maledissi lanciandomi dentro diretta verso la sala d'aspetto.

Non c'era nessuno dei miei genitori, quindi andai alla reception.

"John... Tanza", dissi, rendendomi conto solo in quel momento di essere senza fiato.

L'infermiera sollevò lo sguardo dallo schermo del computer. "Fai un bel respiro, tesoro. Stai bene? Hai bisogno di un dottore?"

Scossi la testa, esasperata e cercando di trovare le parole che mi servivano al momento. Era troppo, tutto questo, e io stavo cominciando a sentire il peso della situazione, non sapendo dove fossero i miei genitori o come stesse Josh.

"Mio fratello. Lo ha portato un'ambulanza". Presi un altro respiro profondo. "È svenuto durante una partita di football".

Questo sembrò risvegliare qualcosa nell'infermiera che

annuì indicando un punto in fondo al corridoio. "Giocatore di football, giusto. Tenda numero tre. Non dovrebbe essere un problema se vai lì ora".

Mi affrettai lungo il corridoio e lessi i numeri stampati sulle diverse sezioni del pronto soccorso delimitate da una tenda. Arrivai alla tenda numero tre e con mia sorpresa, era vuota e il letto era rifatto di fresco. Mi girai sul posto, sconvolta e spaventata di cosa potesse significare, ma per fortuna un'infermiera che stava lì vicino si rese conto di quello che era successo e corse verso di me.

"Cerchi il giocatore di football?"

Feci di sì con la testa.

"Sta bene, lo hanno spostato al terzo piano. Se sali e chiedi all'infermiera lì dovrebbero poterti indicare dove si trova.

Mi sembrava ci stesse volendo troppo. Volevo solo stare accanto a Josh e assicurarmi che tutto andasse per il meglio. A questo punto non avevo alcuna idea di cosa stesse succedendo, cosa era successo davvero o se era in pericolo. Il fatto che lo avessero spostato in una vera stanza di ospedale non mi diede alcun conforto e mi chiesi come mai, intanto correvo per arrivare agli ascensori.

Il terzo piano brulicava di attività e io mi ritrovai proprio davanti all'ufficio delle infermiere.

"Mi scusi, mio fratello è Josh Tanza. Mi hanno detto che è qui", mi guardai intorno cercando con lo sguardo le infermiere dietro alla scrivania e aspettai che una di loro mi mostrasse un po' di pietà.

Uno degli infermieri uomini annuì. "Sì, il giocatore di football. È nella 308".

Ora che sapevo dov'era mio fratello, andavo meno di fretta, non sapevo cosa avrei trovato una volta lì e ne avevo paura. Mia mamma non aveva avuto il tempo di spiegarmi tutto per telefono e ora dovevo affrontare la realtà che Josh fosse davvero malato.

La porta era aperta e il dottore stava uscendo dalla stanza mentre mi avvicinavo. I miei genitori erano in piedi ai due lati del letto di Josh. Lui era sdraiato e diversi cavi e tubi lo tenevano attaccato a dei monitor, era così pallido che sembrava un fantasma.

"Oh, dio mio, Josh". Corsi al lato di mia madre, ma esitai prima di chinarmi ad abbracciare mio fratello, scegliendo invece di stringergli la mano. Lui strinse forte, ma non con il tipo di forza che avrebbe usato di solito e questo mi preoccupò.

"Tesoro, sono così felice che tu sia qui", disse mia mamma abbracciandomi. Mio padre fece il giro del letto per venire ad abbracciarci entrambe, mentre Josh ci osservava dal letto d'ospedale con il suo solito sorrisetto furbo sul viso.

"Vi state divertendo?" chiese.

Alzai gli occhi al cielo. "Ehi, bello, sarà bene che tu sia gentile. Ci hai fatto preoccupare tutti. Che ti succede?" Feci la domanda rivolta a tutti e tre.

"Stiamo ancora aspettando un paio di risultati dal dottore", disse mio padre tranquillo. Sembrava provato, come se vedere ciò che era successo a mio fratello sul campo da football gli avesse tolto degli anni di vita. Per quanto ne sapevo, poteva essere davvero così.

Josh non aveva una bella cera. Era pallido, la sua pelle era sudata e perlacea e anche se sapevo che lo odiava, continuavo a controllargli la temperatura con il dorso della mano.

"Sei troppo freddo, Josh".

"Lo dici a me", rispose lui. "E non mi permettono ancora di indossare una maglietta. Devo restare attaccato a tutte queste cose per un po'".

"Ecco, devono scoprire cosa sta succedendo. Secondo me è colpa di un hamburger che hai mangiato. Sono sicura, in qualche modo deve entrarci un hamburger".

"Ah-ah", disse Josh, non trovando per nulla divertente la

mia battuta. "Per tua informazione, sto mangiando sano, una dieta proteica. Sto cercando di mantenermi snello".

Però non sembrava magro. Sembrava gonfio, come se avesse assunto un po' troppo sodio. Ero preoccupata, meno di quanto lo fossi stata lungo la strada, ma ancora abbastanza da impegnarmi per nascondere le emozioni dal viso il più possibile.

"Mamma, papà, avete bisogno di qualcosa? Potrei andare a prendervi degli snack o un caffè, quello che volete".

Mia madre scosse la testa. "Gerry e io resteremo qui, per non perdere il dottore. Non c'è bisogno, stai tranquilla".

"Non è un disturbo per niente, mamma. Davvero, sarei felice di fare qualcosa per voi". Mi interruppi, sentendomi parlare mi resi conto che quello che stavo facendo davvero era cercare una scusa per fuggire da quello che stava succedendo con la mia famiglia in quel momento. Era difficile stare in quella stanza, non volevo vedere il mio fratellino attaccato a tutte quelle macchine e completamente impotente. Le cose non dovevano andare così, non per qualcuno della sua età con una vita così promettente. Josh aveva un futuro brillante davanti a sé, un futuro incredibile. Come era possibile che dovesse affrontare una cosa così grande, qualsiasi cosa fosse?

Sentii le lacrime pizzicarmi gli occhi e mi allontanai dal letto per sedere su una delle sedie nella stanza, affondando il viso tra le mani. Era ignorante e stupido farsi così tante domande su tutto questo. Certamente non era impossibile che una cosa del genere succedesse alla mia famiglia, la gente si imbatteva in queste situazione ogni giorno e noi non eravamo affatto diversi. Solo che era passato così tanto tempo da quando avevamo vissuto una tragedia, e nessuna di queste era stata così vicina alla famiglia. Avevo a che fare con la mia ignoranza della situazione ed era quasi un privilegio, non avevo mai dovuto vedere una crisi di salute e ora ne avevamo una in famiglia, era come se fosse esplosa una bomba. Solo che adesso ero abbastanza vicina da sentire l'impatto di una cosa del genere.

Mio padre si avvicinò e mi circondò le spalle con un braccio per consolarmi mentre piangevo. Non si trattava di me, ma dovevo far uscire le emozioni. Volevo la stessa cosa che volevano i miei genitori... volevo scoprire cosa stesse succedendo a Josh e volevo assicurarmi che avessimo tutti i mezzi per vederlo di nuovo in salute.

6

Sembrò fossero passati anni prima che un dottore tornasse con alcuni dei risultati dei test per discuterne con noi. Ad un certo punto avevamo iniziato a chiederci se sarebbe passato durante il turno mattutino, ma sapevamo bene che non saremo andati da nessuna parte finché non avessimo saputo qualcosa sulla condizione di Josh.

Uno dei dottori era venuto nel mezzo della notte per parlare con noi di quello che era successo a Josh sul campo da football.

"È stato, tecnicamente parlando, un attacco di cuore", disse.

Strinsi il braccio di mia madre, cercando un appiglio sicuro e assicurandomi che lei non collassasse accanto al letto di Josh.

"Cosa? Non è possibile". Disse mio padre tra sé. "Ha solo 17 anni... ho sentito di queste cose, ma non sono rare?"

Il dottore ci rivolse un'espressione addolorata. "Ecco, dipende tutto dal tipo di evento che ha portato all'attacco di cuore. Quindi questo è quello che stiamo cercando di capire al momento. Anche se la maggior parte delle cause possono essere rilevate facilmente dopo un evento del genere, la causa scatenante in Josh è un fattore minore... considerato tutto. È quel tipo di cose che una persona subisce e spesso può continuare la propria vita senza problemi. In qualche modo è fortunato di non avere perso conoscenza, ma questo aggiunge un altro elemento al quadro".

"Quindi, quand'è che scopriremo qualcosa di concreto?", chiese mia madre.

"Ho passato il caso a uno dei miei colleghi che ha un po' più di esperienza con gli eventi cardiaci pediatrici come questo. Vostro figlio, anche se è quasi un uomo adulto, è ancora tecnicamente un bambino. Quello che ha causato l'evento è probabilmente un qualcosa che lo affligge da tempo, ma che è rimasto silente. Stiamo cercando la causa, così potremo fare del nostro meglio per evitare che succeda di nuovo".

Ascoltai con attenzione mentre il dottore parlava, non volendo perdermi neanche una parola. Entrambi i miei genitori erano talmente immersi in tutto questo che sapevo sarebbe stato un bene se avessi ascoltato attentamente al posto loro in questa situazione. A volte era facile perdere una parola qui o là, oppure non capire bene ciò che dicevano i dottori.

"Per esempio", disse il dottore, "se Josh avesse 45 anni, bevesse birra continuamente, mangiasse solo pizza e avesse la pancia, avrei capito subito il problema. Tuttavia, Josh ha 17 anni e questo rende il caso più difficile del previsto. È un ragazzo apparentemente in salute, giocava a football quando è successo, e immagino che dall'estate scorsa si alleni due volte al giorno, giusto?"

Josh annuì, stavamo finalmente parlando della sua salute.

"Hai mai avuto dei dolori al petto durante gli allenamenti, Josh?"

Scosse la testa. "No, voglio dire... niente più del solito. Non sentivo dolore al petto, ma allo stomaco. Però è normale. Corriamo così tanto che vomitiamo durante i primi giorni di pratica. Sono solo come ogni altro ragazzo nel mio team".

Il dottore appuntò qualcosa sulla sua cartellina. "Ti senti mai senza fiato per nessuna buona ragione?"

Josh ci pensò per qualche momento. "Ecco, avevo l'asma da piccolo e a volte mi sembra che torni".

La dichiarazione sembrò attrarre l'attenzione del dottore. "Ok, questo è il tipo di cose che cerco nella storia medica di una persona. È quel tipo di cose che le persone tendono a dimenticare. Non pensate più all'asma di cui soffriva da piccolo e quando dei sintomi simili tornano a 17 anni, lui pensa solo che sia un po' di asma. La verità è che, ma tieni presente che è solo un'ipotesi non è affatto una diagnosi, dal modo in cui funzionano i tuoi tubi bronchiali e la loro posizione, quando hai un attacco di asma o quando credi di averne uno senti questa sensazione di stretta al petto e ti manca il fiato. È così che ti senti?"

Josh annuì e spostò lo sguardo sui nostri genitori, guardando prima l'uno poi l'altro.

"Allora, il fatto è che ci sono molte cose che possono manifestarsi in modo simile a un attacco di asma. Ora, in genere succede il contrario, qualcuno arriva con una stretta al petto e il fiato corto pensando di avere un attacco di cuore. Ma magari si tratta di altro, per esempio un attacco di panico, asma, osteocondrite, o qualsiasi altra condizione medica che può manifestarsi sulle pareti cardiache. Nella tua situazione, però, credo che sia un evento cardiaco o una condizione che si è mascherata sotto i sintomi dell'asma".

Era molto da sopportare e il dottore ci lasciò a digerire quelle informazioni per qualche ora, prima che il suo collega tornasse con un aggiornamento.

Era quasi l'alba quando uno specialista entrò nella stanza; il suo tono fu molto più brusco di quello dell'altro dottore.

"Josh, Signor e Signora Tanza, sono il Dottor Douglas e arriverò dritto al punto".

Nessuno di noi aveva dormito molto in quella stanza

d'ospedale; con gli occhi lucidi e in attesa guardammo il dottore sperando che avesse novità sulla prognosi e il recupero di Josh.

"Ho avuto modo di osservare le immagini del cuore di Josh e ho monitorato tutte le informazioni rilevate dai macchinari durante la notte". Toccò uno dei macchinari che era collegato a Josh con diversi fili. "Ci è voluta una lunga ricerca, ma sono riuscito a trovare la fonte del problema. Josh ha un foro molto piccolo nel cuore".

Mia madre emise un urlo strozzato e si tenne alla mano di mio padre.

"In genere, questo è il tipo di cose che si aggiustano da sole con la crescita del bambino. Ma in alcuni casi diventa una situazione che ha bisogno di essere corretta con la chirurgia. In alcuni casi ancora più rari, dovuti alla mancata diagnosi o per altri motivi, come in questo caso, la chirurgia non sembra un'opzione".

"Cosa vuole dire... non potete fare l'operazione per correggere il problema?" Chiese mio padre perplesso.

Il Dottor Douglas scosse la testa. "Mi spiace, temo di no. Quello che abbiamo trovato vicino al foro è ancora più serio. Il cuore di Josh è seriamente malformato. Uno dei ventricoli è più grande del normale. Sta pompando il sangue con molta difficoltà a tutto il resto del cuore per compensare. Questo, combinato al foro, ha aggravato ancora di più la situazione. Non voglio allarmarvi, ma la verità è che si tratta di una situazione molto grave. È bene che lo sappiate da subito, dovete prepararvi a prendere delle decisioni in base agli eventi che potrebbero succedere nei prossimi giorni".

Mi sedetti sconvolta, non del tutto sicura di cosa ci avrebbe detto ancora il medico. Sembrava che non ci fosse nulla che potessi fare per aiutare mio fratello e quel pensiero fu abbastanza per lasciarmi sconvolta.

"Quello che sto dicendo è... che è un miracolo che Josh sia

qui oggi. Onestamente, non dovrebbe esserlo. È quel tipo di evento che potrebbe verificarsi in un bambino piccolo senza che nessuno se ne accorga, così il bambino finisce per morire da un giorno all'altro. È incredibile che non sia successo nulla prima di ora. Ma eccoci qui, direi che avete molto a cui pensare. Josh è giovane, quindi sarà molto in alto nella lista trapianti, e poi è sano, anche questo è un punto a suo favore".

"Aspetti, cosa? Sta parlando di trapianto?", disse Josh all'improvviso.

Il Dottor Douglas annuì. "Ho paura che sia la nostra unica opzione in questo caso, Josh. Potrebbe esserci la possibilità di riparare quel foro nel tuo cuore, ma data la gravità della malformazione è difficile che la chirurgia possa fare qualche differenza. Se vuoi avere un'occasione di arrivare all'età adulta, dovremo trovarti un nuovo cuore".

In quel momento pensai che sarei svenuta. Feci un respiro profondo, mentre iniziavamo a comprendere a fondo la notizia e pregai in silenzio che tutto andasse per il meglio, in qualche modo.

―――

CI VOLLE una settimana per avere una risposta dalla compagnia assicurativa. Ora sapevamo quanto sarebbe costato, e la prima cosa che fece Suzy per me fu iniziare una raccolta fondi, in modo che potessimo pagare i costi delle spese mediche per il nuovo cuore di Josh.

Dopo aver sentito la cifra che avremo dovuto pagare anche dopo i costi coperti dall'assicurazione restammo incredibilmente sconfortati e non sapevo come avremo fatto. Era un debito che i miei genitori avrebbero dovuto continuare a pagare per tutta la vita. Qualsiasi speranza che potessero avere una pensione fu eliminata in un secondo, questo perché avrebbero dovuto versare ogni minimo centesimo per assicurarsi che il loro bambino avesse le cure mediche di cui aveva bisogno per sopravvivere, come qualsiasi genitore avrebbe fatto.

Imprecai per lo stato della sanità americana e affondai il viso tra le mani, mentre me ne stavo nel camerino del Club V. Ero in pausa e avevo appena chiuso una telefonata con mia mamma che si stava preparando per quando avrebbero ricevuto la chiamata per il trapianto di Josh. Era qualcosa che la preoccupava, il pensiero che qualcun altro sarebbe dovuto morire per dare a Josh un'occasione di sopravvivere. Stava venendo a patti con il pensiero e lo aveva accettato in qualche modo; sarebbe venuto fuori qualcosa di buono da tutto questo.

"Ehi", Suzy disse mentre arrivava alle mie spalle e mi dava una pacca sulla schiena. "Come stai?"

Sospirai e scossi le spalle. "Starei molto meglio se le mie vincite del lotto decidessero di presentarsi alla mia porta. Sai, quella lotteria che mi sono sempre dimenticata di provare".

"Ah sì, quella. Giusto, anche io sto aspettando quei soldi". Mi guardò con gli occhi carichi di compassione. "Vorrei che ci fosse qualcosa che possa fare per aiutare, Samara".

"Suzy, hai già fatto così tanto per aiutarmi con la raccolta fonti. Davvero, non posso ringraziarti abbastanza". Feci un respiro profondo. "Il problema è che non sarà abbastanza. Ho deciso di dare ai miei genitori tutto quello che ho messo da parte per pagare l'operazione di Josh".

"Davvero?" Sembrava sconvolta a quell'ammissione.

Annuii. "Non ho comunque abbastanza, ma anche il contributo più piccolo aiuta. Ho messo da parte solo ventimila dollari, so che sono tanti a pensarci, ma a malapena riuscirò a coprirne una parte". Non so davvero come faremo a mettere insieme 150 mila dollari. Devo trovare un modo per trovare questi soldi e anche velocemente. Davvero, farei di tutto per trovare questa cifra, ma non ho idea di come farlo. Penso che potrebbe essere impossibile".

Suzy mi guardò un po' timidamente, come se mi stesse

nascondendo qualcosa. Ci conoscevamo da troppo tempo per iniziare a tenere dei segreti tra noi.

"Cosa?", chiesi. "Conosco quello sguardo sul tuo viso. Non puoi nascondermi niente. Sputa il rospo, ora".

Suzy si morse un labbro. "Ok, te lo dirò, ma voglio che tu mi prometta che non mi odierai e non ti arrabbierai per averlo detto. Ok?"

Allungai la mano e presi con delicatezza una delle sue, "Suzy, non lo farei mai. Sei la mia migliore amica. Che hai pensato?"

"Stavo pensando a come potresti ottenere dei soldi in fretta e in grandi quantità, Samara, se potessi farlo al posto tuo lo farei, ma purtroppo quella nave è salpata da tempo".

Le lanciai uno sguardo curioso. "Di cosa stai parlando?"

Si schiarì la gola e si preparò a dire qualcosa che era chiaramente difficile da dire a voce alta.

"Sto parlando della 'Stanza'. Quella che hai visto a New York".

La stanza era abbastanza, non doveva dire altro per chiarire cosa stesse pensando. Feci un altro respiro profondo.

"Mentirei se ti dicessi che non mi ha sfiorato l'idea", ammisi in un sussurro.

Suzy mi strinse la mano. "Senti, Samara... non c'è niente di cui vergognarsi. Onestamente, non ho mai sentito di un motivo più ammirevole per fare una cosa del genere. Sarebbe solo per aiutare la tua famiglia, personalmente non credo che tu debba sentire la pressione di aiutarli finanziariamente, ma se questo è qualcosa che vuoi fare davvero... allora potrebbe essere un'opzione".

Annuii e mi fissai le mani. Dal momento in cui avevo sentito per la prima volta la cifra che i miei genitori avrebbero dovuto pagare per il trapianto di mio fratello, il pensiero dell'asta al Club V di New York era stato un pensiero costante in fondo alla mia mente. Per quanto fossi stata contraria all'idea quando lo avevo visto per la prima volta dal vivo, ora che la vita di mio fratello era in pericolo, c'erano molte che cose che avrei fatto per assicurarmi che ricevesse tutte le cure necessarie.

"Sì, onestamente sono felice che tu l'abbia detto. Ci penso da tempo ed è da un po' che chiedo una sorta di segno all'universo. So che forse non vuoi essere tu questo segno", dissi con un sorriso rassicurante, "ma penso che farò finta che sia proprio tu".

"Samara, dico sul serio, non sei obbligata a farlo. Ma voglio che tu sappia che hai tutto il mio supporto se questa è la strada che vuoi prendere. Non c'è niente di cui vergognarsi. È il tuo corpo e puoi farci quello che vuoi. Sai cosa? Scommetto che, visto che lavori qui, per te farebbero... come la chiamano? Una scrematura estrema, credo". Non riuscì a trattenersi dal ridacchiare. "Sul serio, Stew ti adora e farebbe di tutto per evitarti di finire in una brutta situazione. È molto vicino ai tipi di New York. Fagli fare un paio di telefonate, così possono organizzare tutto, sempre che tu voglia farlo. Scommetto che possano fare in modo che ci sia qualcuno di speciale per te. Non ti lasceranno a nessun pervertito o a qualcuno appassionato di sadomaso".

L'idea iniziava a prendere forma nel mio cervello e iniziai a chiedermi con che tipo di persona sarei finita. Non ci sarebbe stato alcun modo di saperlo prima, neanche chi avrebbe fatto parte del gruppo di persone che sarebbe stato lì la notte dell'asta. E quello sempre se mi avessero scelta per l'asta.

"E se... non mi vogliono?" chiesi timidamente. In quel momento non avevo idea di cosa mi serbasse il futuro, ma qualcosa mi faceva sentire molto vulnerabile.

Suzy mi prese per le mani e mi tirò in piedi, poi mi fece girare per guardarmi allo specchio.

"Guardati", disse dolcemente. E lo feci; per la prima volta dopo lungo tempo mi guardai veramente allo specchio. Avevo gli occhi gonfi dal pianto delle ultime settimane, ma nel complesso il mio viso era ancora carino, giovane e fresco.

"Posso?" chiese e così le mani della mia migliore amica furono sul mio corpo, percorrendo le mie curve con le sue lunghe dita mentre mi sussurrava nell'orecchio: "Hai una figura incredibile e qualsiasi uomo sarebbe fortunato di averti. Penso che sia importante forse queste cose anche tra noi, donne e amiche. Salirai su quel palco e li stenderai, Samara. Segnati queste parole".

———

Suzy andò da Stew per conto mio e aprì la questione con lui. In un primo momento non volle neanche parlarne, comportandosi come se l'asta fosse solo un mito o un finto pettegolezzo. Ma come mi disse in seguito, quando continuò a insistere con lui e gli disse che mi ero imbattuta nell'asta mentre ero a New York, alla fine cedette e ammise l'esistenza di quell'evento. Eppure, non voleva proprio lasciarmi andare.

Andai io stessa da lui per una riunione in cui avremo discusso la questione e per aiutarlo a dissipare ogni paura che potesse avere nei confronti della decisione che avevo preso.

"Voglio essere chiara, Stew, non sto parlando di lavorare al piano. Non è una cosa per me".

"E hai ragione", sembrò offeso che lo avessi anche solo considerato. Anche se i manager del Club V erano sempre aperti alla possibilità che cambiassimo mansione, Stew era molto protettivo nei confronti dello staff del suo bar e sembrava che avesse iniziato a considerarmi quasi come una figlia.

"Samara, devo solo sapere se questa è una cosa che vuoi fare davvero. Capisco che è un argomento sensibile e quanto sia spiacevole parlarne con me".

Mi sedetti davanti a Stew che stava alla sua scrivania. Non mi capitava spesso di entrare nel suo ufficio, ma era chiaro che il tipo dietro la scrivania era uno dei buoni. Un uomo di famiglia che si prendeva cura dei suoi dipendenti, voleva solo il meglio per me.

"Stew, ti assicuro che questa decisione è tutta mia. La mia famiglia ha bisogno di aiuto, ora più che mai e visto che potrei fare questo per loro mi sentirei una stupida per essermi lasciata sfuggire l'occasione. Non ho più l'impressione di dover conservare qualcosa. Questa sarebbe semplicemente una transazione. E immagino che il club farebbe da garante qui, giusto?"

Il mio capo annuì e sospirò. "Ma mettiamo le cose in chiaro... farò in modo di farti avere il prezzo migliore possibile. Sono giusti, suppongo, non prendere male le mie parole, non infangherei mai il nome del Club V. Voglio solo evitare che tu finisca in un cattivo affare. E che tu non vada a casa con uno dei quei bastardi pervertiti. No, mi assicurerò personalmente che chiunque possa fare un'offerta per te sia il meglio su piazza... tipo, materiale da matrimonio. Samara, non pensi che potresti riuscire magari a trovarti qualcuno con cui ti sposeresti?"

Risi a quel suo pensiero. Era ovvio che fosse ancora turbato dall'idea che io vendessi la mia verginità.

"Stew, anche se è un'offerta molto generosa, tempo che sono qui solo per i soldi e non per un marito o per trovare il vero amore. Assicurati solo che sia una persona come si deve e poi da lì me ne occuperò io".

Stew annuì ed espirò profondamente. "Va bene allora. Se sei sicura di volerlo fare, immagino che non ci sia modo di farti cambiare idea. Farò una telefonata e darà inizio alle danze. Dovresti sapere qualcosa entro la fine della settimana".

NON CI VOLLE MOLTO per ricevere una risposta dal club di New York. Fu un rapido e definitivo Sì! Stew mi disse di aspettare una telefonata da Elle e come un orologio arrivò il giorno dopo.

"Samara? Ciao, sono Elle. Sono la direttrice dello staff... ci siamo incontrate quando hai lavorato qui per una notte".

"Giusto, ricordo. Grazie per la telefonata, Elle". Sentii un tono nervoso nella mia voce e cercai di mettere da parte i nervi che si stavano facendo strada nei miei pensieri.

"Siamo così felici di sapere che hai deciso di impegnarti con il club in questo modo. Tuttavia, data la natura sensibile della transazione, dovrò chiederti di venire presso la sede di New York, così potremo parlare di questo di persona e organizzare tutto al meglio. Che te ne pare di domani pomeriggio?"

"Fantastico, posso venire quando vuoi".

Presi un appuntamento per le due del pomeriggio seguente e tornai in città, proprio come avevo fatto sei mesi prima. Ero meno trepidante questa volta, il che era strano considerando il motivo per cui stavo andando al club. Avevo molti pensieri per la testa e la mia unica speranza per quella giornata era di non imbattermi in Neil Vance.

Mi fecero entrare ed Elle mi accolse alla porta prima di condurmi nel suo ufficio. Era uno spazio ampio e luminoso, a differenza del resto dell'edificio, e in sua presenza mi sentii subito rassicurata, mi sembrava di essere a casa. Questa volta indossava uno stretto vestitino nero; era ancora professionale, ma era abbastanza provocante da farla amalgamare perfettamente con l'ambiente al Club V.

Elle si sedette dietro la scrivania e mi invitò a mettermi comoda davanti a lei. Mi rivolse un genuino sorriso raggiante e iniziò a parlare.

"Onestamente, Samara, sono felice che tu sia venuta da noi per questo. So che può essere una questione molto sensibile da discutere e capisco che tu ti senta un po' strana a riguardo, ma voglio che tu sappia che puoi fidarti di me e che viene fatto tutto con piena discrezione".Annuii. "Mi hanno assicurato che questo è il posto dove andare se voglio... vendere questo tipo di mercanzia".

Lei rise divertita. "Sei divertente, va benissimo. È importante avere del senso dell'umorismo quando si intraprende questo percorso. Aiuta a tenere l'ambiente più leggero, credo. Allora, parliamo di affari... sei vergine, giusto?"

"Sì. Mi sembrava di aver capito che fosse un requisito".

"Oh sì, lo è in questo caso; tuttavia, volevo solo dirti che ti risparmierò la verifica medica. Sei una dipendente e sei con noi da un po', mi hanno assicurato che ci possiamo fidare di te. Ora, ecco la parte in cui in genere ti chiederei i tuoi interessi e cosa sei disposta e non disposta a fare, e tutto il resto, però... qui siamo davanti a una sorta di situazione particolare".

Ero curiosa di sapere cosa volesse dire. "Ah, cioè?"

"Ecco, non è proprio una cosa unica nel suo genere. Vedi, a volte abbiamo degli uomini che chiedono subito una donna. Queste donne non arrivano mai all'asta. Non è molto comune, perché non ci piace molto lavorare così. È meglio portarle nel locale, sai. Non siamo solo un servizio per trovare un uomo a una vergine". Rise. "Si tratta dell'esperienza del Club V. Vogliamo che tutti si divertano e vogliamo anche mantenere quell'aria di mistero che siamo riusciti a creare. Mantenendo le aste in sede e insistendo affinché i clienti si presentino di persona per partecipare all'evento sono alcuni dei modi per gestire le cose".

Aveva senso, ma non ero ancora sicura di cosa volesse dire quando aveva accennato a una situazione particolare.

"Quello che sto cercando di dire è che tu non sarai messa all'asta".

"Come?" Spalancai gli occhi, incredula. Non mi aveva appena detto che erano felici di avermi con loro?

"Oh, troveremo comunque qualcuno per te e riceverai il tuo pagamento", disse, come se potesse sentire il mio monologo interiore. "Solo che non verrai presentata all'asta. Vedila così, ci saranno meno persone che ti vedranno nuda. Personalmente, credo che alcuni di quei tipi vengano qui solo per lo spettacolo.

Comunque, dopo un po' eliminiamo quelli che vengono solo per vedere. No, tu hai già trovato qualcuno che ti vuole. Una persona ha visto la tua foto nella lista delle donne candidate all'asta e ha chiesto di farti togliere subito e di metterti da parte per lui".

Deglutii a fatica. Questo era successo così in fretta e ora ero messa davanti al fatto compiuto, era tutto così vero e sarebbe accaduto prestissimo.

"Wow, immagino di essere lusingata". Non sapevo cos'altro dire a riguardo.

"Sì, ecco, come ho detto prima è una cosa molto rara, ma a volte concediamo degli strappi alla regola per i clienti davvero speciali. L'ho anche informato della tua specifica situazione. A proposito, mi dispiace tantissimo per tuo fratello. Comunque, gli ho detto che abbiamo una tariffa minima e questa persona ha fatto una controfferta".

"Cosa ha offerto?"

Spinse un plico di documenti verso di me. "Come sai, la lunghezza dei nostri contratti può variare, alcune delle nostre ragazze hanno contratti che durano fino a un anno".

Sussultai. "Qualcuno potrebbe comprarmi per un anno?"

Lei scosse la testa. "Potrebbero, ma comunque non è questo il caso. Non preoccuparti. In genere sono contratti dedicati alla monarchia di certi paesi a centinaia di chilometri da qui. Tu non uscirai dal paese".

"Per fortuna", dissi, tirando un sospiro di sollievo, mentre guardavo i documenti.

"Questa persona ha offerto dei termini, ora te li spiegherò nel dettaglio così non dovrai preoccuparti di leggere tutte le cinquanta pagine. Se accetterai ti dichiarerai d'accordo su tutto ed è un contratto vincolante tra te e il compratore, il Club V agisce solo da intermediario tra voi due, adulti consenzienti che si intratterranno in attività legali".

Annuii mentre cominciavo a capire e prendere atto di tutto. Erano molte informazioni per un solo pomeriggio.

"I termini offerti da questa persona sono molto semplici. Tu sarai a sua disposizione per una settimana. Se accetti, il contratto inizierà da sabato alle sette di sera. La sua controfferta è, e cito: 'Pagare tutte le spese mediche del fratello nella loro completezza'".

La penna che tenevo in mano mi scivolò dalle dita e sollevai lo sguardo dai documenti per posarlo su Elle; sul mio viso doveva esserci un'espressione di pura sorpresa.

"Lo so", disse con un sorriso gentile. "È un'offerta molto generosa. Comprende i costi per il trapianto di tuo fratello e tutto ciò che succederà durante il suo recupero. Anche io non riuscivo a crederci, ma questo è un cliente molto speciale e sembrava disposto a fare qualsiasi cosa dopo aver visto la tua foto".

"Non so davvero cosa dire, Elle". Ed era vero, ero senza parole, ma ero certa di ciò che stavo pensando. Ora non potevo più tornare indietro. Non importava quali fossero gli altri termini del contratto, avrei accettato l'offerta di questo uomo perché non avrei mai avuto un affare migliore di questo. Se si trattava di aiutare la mia famiglia, allora questa era la situazione decisiva, anzi, la situazione migliore in cui potevo trovarmi. Solo un folle avrebbe rifiutato un'offerta del genere.

"C'è un'ultima cosa che devi sapere prima di partire con tutte le noiose pratiche legali. La sua richiesta è che tu non scopra di chi si tratta finché non arriverai nel luogo in cui starai durante la settimana. Posso assicurarti che questa persona è stata controllata con grande attenzione e che lì sarai in buone mani. Sarai completamente al sicuro". Sorrise di nuovo, in un chiaro tentativo di assicurarsi che mi sentissi a mio agio. "Quindi, ti verranno a prendere sabato sera per portarti nel luogo in cui trascorrerai la settimana con questa persona. Lo incontrerai lì e poi... tutto si svilupperà naturalmente. Tutto questo è delineato in maniera più dettagliata nei documenti, ma te lo spiegherò ora in termini più semplici". Elle si schiarì la gola. "Anche se nessuno qui è obbligato a fare nulla o a partecipare in attività con cui non si sentono a loro agio, è molto importante che tu capisca che stai accettando di avere almeno un rapporto sessuale completo con questa persona entro la fine della settimana. Questa è l'unica cosa che sei legalmente obbligata a fare dopo aver firmato il documento. Direi che visto che sei stata acquistata per una settimana ci si aspetta un po' di più, ma questo è qualcosa che discuterai con l'acquirente. Se non compirai questo unico atto a cui stai dando il consenso con la firma di questo documento, rinuncerai a tutti i profitti e il Club V non dovrà pagarti nulla. Capisci?"

Capivo benissimo, ma c'era qualcosa che non mi convinceva del tutto. "E se questa persona mente per evitare di pagare".

Lei annuì e sorrise. "I nostri clienti sono selezionati con grande cura. Non posso dire che non sia mai successo, ma credimi che abbiamo dottori pronti a venire per eseguire un esame se fosse necessario. Assicurati solo di informarci se pensi che ci possa essere un qualche problema".

Sfogliai i documenti, mentre ascoltavo Elle che continuava a spiegarmi le questioni legali. Sembrava che fosse tutto in perfetto ordine e io avevo fiducia che non mi stavo lanciando in questo affare completamente alla cieca. Il Club V aveva una reputazione da mantenere e tenevano in grande considerazione le donne che si concedevano per l'asta, poiché molte continuavano a tornare come membri del club con i loro compratori o con altre persone che frequentavano il club.

"Credo che scoprirai, e potresti già saperlo visto che lavori con noi, che qui siamo una famiglia e che ci prendiamo cura della nostra cerchia. Fidati di me, Samara. Si prenderanno ottima cura di te. E spero che continueremo a vederti qui al Club V di New York anche in futuro".

Detto questo procedemmo oltre con i documenti legali ed Elle me li spiegò tutti nel dettaglio. Alcuni mi fecero pensare che forse sarebbe stata una buona idea se avessi portato con me un avvocato per firmare un documento del genere, ma non avevo né il tempo né i soldi per questo tipo di esitazioni. No, invece stavo firmando per cedere la mia verginità ed entro domenica mattina tutto sarebbe stato risolto e io avrei avuto una settimana di... chissà cosa... forse un intenso risveglio sessuale. Firmai con il mio nome sulla pagina finale e con questo era fatta.

7

"Un'intera settimana con questo tipo? Samara, e se è un pervertito o un serial killer tipo Slender man?" disse Suzy, mentre mi guardava dalla comodità del suo letto.

La scostai con una gomitata e iniziai a fare le valige. Non avevo idea di cosa avrei avuto bisogno per la settimana, quindi misi in valigia un assortimento di cose che pensavo sarebbero state utili durante i miei giorni con questa persona, dovunque egli vivesse. Sembrava che la sua casa si trovasse vicino e fosse raggiungibile in auto, stando alle poche informazioni che mi aveva dato Elle, ma oltre a questo non ne avevo idea.

"Che schifo. Grazie mille, Suzy. Ora non riuscirò a dormire questa sera. E poi, credo che sia un uomo di città e non penso che sia l'habitat naturale di Slender man. E poi, non dimentichiamo che sei stata tu a consigliarmi di farlo".

Mi lanciò uno sguardo carico di significati. "Ehi, sei una donna adulta che ha deciso di fare questa cosa di sua spontanea volontà. Sei dotata di libero arbitrio".

"Lo so, lo so. Sto solo scherzando. Sai che ho deciso da sola di farlo. E onestamente, devo dire che un po' non vedo l'ora".

"Non sei spaventata o un po' in ansia?", la sua voce si abbassò mentre faceva quella domanda.

Presi un respiro profondo e guardai i vestiti nella borsa. "Mentirei se ti dicessi che non sono spaventata neanche un po'. È una cosa nuova per me e mi sento un po' strana ad avere diciannove anni ed essere ancora vergine. È come se fosse parte di me, ma allo stesso tempo neanche una cosa così speciale? Non so, è strano. È come se la società mi avesse fatto credere che è una cosa importante, quando in realtà è solo un piccolo dettaglio a vederlo bene. Nessuno parla mai dei ragazzi che perdono la loro verginità come se fosse una cosa monumentale. Ma eccomi qui, a vendere la mia verginità a, letteralmente, il miglior offerente".

"Ad essere onesta, non sappiamo cosa avresti potuto ottenere a quell'asta", disse con una risata.

"Non credo sarebbe stato così tanto come sono sicura di ottenere ora. Chi avrebbe mai pensato che avrei trovato qualcuno disposto a pagare tutte le spese per il trapianto di mio fratello. Ora l'unica cosa da fare è aspettare e pregare che arrivi un cuore".

"E, ovviamente, devi mantenere la tua parte del contratto", disse Suzy ricordandomelo con gentilezza.

"Come se potessi tirarmi indietro ora".

Il campanello di casa suonò in quel momento e Suzy andò ad aprire, mentre io continuavo a preparare la valigia e a organizzare le cose per la settimana che avevo davanti. Sarebbero venuti a prendermi in auto e mi avrebbero portato in un posto che non avevo idea di dove fosse. Non ero troppo preoccupata riguardo a questo aspetto e Suzy si era anche offerta di prendere la macchina e seguirci, così avrebbe avuto una qualche idea di dove mi avrebbero portato. Rifiutai l'offerta, non volevo infrangere la privacy di uno dei membri del club.

Avevo pensato che forse potevo conoscere questa persona.

Poteva essere qualcuno che avevo conosciuto al club o da qualche altra parte, il motivo per cui mi aveva scelto poteva essere che avevo un visto familiare per lui. Era strano da pensare, che questa persona a cui stavo per consegnare la mia verginità potesse essere qualcuno che avevo incontrato nella mia vita di tutti i giorni. Almeno sapevo che doveva essere un membro del club. L'unica domanda a cui dovevo ancora dare risposta era se fosse un membro regolare del club del Jersey o di una delle altre sedi. Presto lo avrei scoperto e una o tutte le mie domande avrebbero ricevuto una risposta.

Suzy apparve in camera da letto portando una grande busta marrone. "È per te. L'ha portata un corriere".

"Che strano", dissi prendendo la busta e mettendo da parte per un po' la valigia per vedere cosa c'era dentro. Non c'era un indirizzo del mittente e la busta era molto spessa. La aprii con attenzione e feci scivolare fuori il contenuto. All'interno c'era un pacchetto e una lettera molto elegante, era della carta molto raffinata, era sospetto che anche su questa non ci fossero né iniziali né firma.

"Che cos'è?" chiese Suzy.

Feci scorrere gli occhi sulla lettera leggendola velocemente, poi alzai lo sguardo su Suzy, avevo gli occhi spalancati. La lessi ad alta voce per la mia amica.

Cara Samara,

Non vedo l'ora di incontrarti domani. Immagino che starai facendo la valigia per la settimana e vorrei farti avere alcuni oggetti che ti saranno utili durante la tua permanenza con me.

Indosserai gli indumenti rossi la prima notte che trascorrerai con me. Indossali sotto il vestito che ti sto mandando. Il vestito arriverà separatamente in serata. Indossa questi oggetti per prepararti al nostro primo incontro.

Per quanto riguarda la tua valigia, puoi lasciare tutto a casa. Non è una richiesta, è un ordine. Non portare trucchi, né necessario da bagno, nulla. A casa mia ti verrà fornito tutto ciò di cui avrai bisogno.

Sarò incantato di avere il piacere della tua compagnia durante la prossima settimana. Spero che anche tu sia entusiasta e non veda l'ora di incontrarmi.

La lettera non era firmata.

"Cavolo, è un po' prepotente, no? Cosa vuole che indossi?"

Spostai la mia attenzione sul pacchetto e lo aprii. All'interno, avvolta in una carta leggera, c'era della lingerie rossa, erano un reggiseno e delle mutandine in tessuto finissimo.

"Questo reggiseno mi darà proprio un grande supporto", dissi sollevandolo davanti ai miei seni.

Suzy scosse la testa. "Sì, non credo che a lui interessi. Allora, questo è quello che dovrai indossare sotto il vestito... chissà cosa ti ha spedito. Che altro c'è lì?"

C'era una piccola scatolina bianca dentro il pacchetto, qualcosa che avrebbe potuto contenere un bracciale o una collana. Sollevai lentamente il tappo della scatola e guardai il contenuto.

"Oh merda", disse Suzy, mentre seguiva il mio sguardo e osservava cosa si celava nel pacchetto. "Quello è un collare per cani".

Non era un semplice collare per cani. Era tempestato di diamanti e una piccola piastrina di metallo aveva il mio nome inciso su di essa.

"Ti aspettavi di ricevere un collare per cani?", chiese chinando la testa di lato.

"Ti sembra forse che mi aspettassi di riceverne uno?", estrassi l'oggetto dalla scatola e lo esaminai ulteriormente.

"Voglio dire, è un gioiello incredibile. Sono abbastanza sicura che siano diamanti veri. Pensi che si aspetti di vederti arrivare da lui indossandolo?"

Scossi la testa. "Non mi importa se si aspetta che lo indossi o meno, questo non era nel contratto e lui non ne ha parlato nella lettera, quindi lo porterò con me sperando che se ne dimentichi".

Suzy fece una smorfia, "Credo che finirai per indossare quel collare prima che si concluda la settimana".

―――

Il pomeriggio seguente trascorse in fretta e io mi preparai per la prima sera. Stavo iniziando a sentire le farfalle allo stomaco, non potevo negarlo. Suzy era già al lavoro, il che voleva dire che sarei stata sola quando sarebbe arrivato l'autista.

Il vestito era stato consegnato come promesso il pomeriggio precedente e Suzy e io lo avevamo aperto insieme, chiedendoci entrambe se sarebbe stato qualcosa di scandaloso come il collare per cani. Non lo era, ma notammo entrambe che era un vestito firmato, un tipo di capo che sarebbe potuto costare 5000 dollari in una boutique di lusso. Era stretto e bianco, senza maniche, ai lati c'erano sue aperture, simili a oblò, che lasciavano scoperti i fianchi.

Mi stavo vestendo e con piacere notai che il vestito mi stava benissimo. Chissà come aveva fatto questo tizio a indovinare perfettamente la mia taglia, restai davvero colpita da questa sua capacità. Avrei comunque dovuto vedere come se la cavava in altre circostanze.

Seguendo le istruzioni che mi aveva dato, misi in valigia pochissime cose, tra cui anche il collare. Non ero completamente restia a indossarlo, ma ero un po' insicura riguardo le attività che spesso erano collegate all'indossare un oggetto del genere. Ero vergine, ma non del tutto inesperta con gli uomini. Avevo fatto già qualcosa, qualche sega, pompini, e poi ero stata con uno che amava sculacciare ed essere sculacciato. Non credevo che fosse una cosa per me, ma può darsi che fosse lui a fare schifo in quest'ambito. Magari questo tizio era diverso. Cavolo, se poteva permettersi di spendere questo tipo di soldi per una vergine, un vestito e un collare, forse era all'altezza delle aspettative.

Erano quasi le sei del pomeriggio quando suonò finalmente il campanello e risposi.

"Sì?"

"Samara Tanza? Sono Dwight, il suo autista per la serata. Ho un'auto in attesa per lei, sono davanti al palazzo, se è pronta può scendere".

"Arrivo subito!", dissi, un po' troppo felice a pensarci bene. Non c'era altro da prendere oltre le chiavi e il telefono, quindi infilai quelle cose nella mia borsa e uscii.

Dwaight mi aspettava davanti alla porta del palazzo e gentilmente aprì la portiera dei sedili di dietro per farmi entrare.

"Grazie", dissi.

"È un piacere", disse Dwight, poi fece il giro dell'auto e partimmo per il viaggio.

Era sabato sera, il traffico era un po' diverso da quello che si potrebbe trovare durante un giorno settimanale, ma molti arrivavano in città per gli spettacoli e per le cene del fine settimana, quindi ci trovammo a stare fermi nel traffico per più tempo di quanto mi aspettassi. Sentii Dwight fare una telefonata per dire a qualcuno che avremo fatto ritardo e io cercai di sentire la voce dall'altro capo del telefono. Non riuscii a distinguere granché, solo una voce maschile indistinta.

Mentre stavamo nel traffico i miei pensieri scivolarono a quello che avevo visto il giorno che ero incappata nella stanza delle aste al Club V. Certo, era stato uno shock per me, ma ora mi sentivo un po' meno preoccupata per ciò che facevano quelle donne lì. Ognuna di loro aveva la propria storia, le proprie ragioni per essere lì. Di certo non potevo farne una colpa a nessuna di loro per avere preso una decisione del genere usando la propria libertà di scelta, soprattutto, non ora che ero finita in una situazione del genere, in cui avevo una scelta: aiutare o meno la mia famiglia. Avevo fatto questa scelta liberamente, ma nel profondo del cuore sapevo che non c'era alto modo. Volevo così tanto aiutare il mio fratello minore e questo era il modo in cui lo avrei fatto.

Entrammo lentamente in città, arrivando finalmente alle strade principali che riconoscevo. Stavamo andando in una zona molto altolocata e mi chiesi quanti soldi avesse questo tipo per potersi permettere un appartamento da queste parti.

All'improvviso ci fermammo e Dwight mi parlò: "Siamo arrivati".

"Signorina Tanza, dovrete solo entrare, dare il vostro nome all'ingresso e loro vi scorteranno all'ascensore".

Annuii ed entrai nel palazzo, salutando la guardia di sicurezza al bancone. Non avevo idea di dove dovessi andare, quindi speravo che il mio nome bastasse per farmi indirizzare correttamente.

"Samara Tanza, c'è una persona che mi aspetta".

La guardia annuì. "Venga da questa parte". Invece di portarmi agli ascensori principali, imboccammo un corridoio che si apriva su un altro ingresso, questo aveva un'entrata privata da una strada laterale. Inserì un codice su un tastierino fuori dall'ascensore e le porte si aprirono. "L'ascensore privato per l'attico. Buona serata, Signorina Tanza".

L'attico.

Ecco, questo rispondeva a molte domande riguardo la quantità di soldi che aveva questo tipo.

La risposta: più di quanti ne avrei mai potuti immaginare.

L'ascensore mi trasportò lungo il lato del palazzo, sembrava un razzo. Mi tenni alla ringhiera, non tanto per la velocità, ma più perché stavo finalmente comprendendo cosa stavo per fare... e la verità era che, non sapevo ancora abbastanza su ciò che mi aspettava. Non sapevo che aspetto avesse questo tizio o cosa si aspettasse da me. Se era davvero interessato al collare o se era solo una specie di scherzo. Forse era un tipo occhialuto e tranquillo, solo un po' interessato a provare qualcosa di strano che non aveva mai fatto prima. Scendendo dall'ascensore sapevo che stavo entrando in una situazione inesplorata e quasi del tutto sconosciuta. L'unica cosa di cui ero certa era che stavo per entrare nell'appartamento e incontrare finalmente l'uomo che mi avrebbe spogliata della mia verginità.

Le porte si aprirono e feci un passo sul pavimento di marmo grigio. L'intero ingresso era coperto di marmo, dal pavimento al soffitto, e gli arredi della stanza erano coperti con dei fini teli bianchi. Era chiaro che nessuno usasse mai quei mobili. Nella stanza che si apriva su un soggiorno più ampio erano sparse qui e là diverse piante esotiche.

Non c'era alcun segno dell'inquilino dell'attico, quindi entrai lentamente dentro il soggiorno, sperando di essere notata o di trovare qualcuno. La stanza era opulenta e i soffitti erano altissimi. C'era un camino al centro della sala e un piccolo fuoco era già acceso al suo interno. Fui grata di questo, l'aria della sera era un po' fredda visto che eravamo ancora all'inizio della primavera, ma il vestito non mi offriva una grande protezione dal freddo. C'era un piatto di formaggi e dei crostini su un tavolo e una bottiglia di champagne dentro un secchiello con del ghiaccio. Mi avvicinai per guardare l'etichetta, non che ne sapessi molto di buone annate di champagne, ma sapevo ciò che i clienti del bar mi raccontavano quando ordinavano del vino. E sapevo anche, a questo punto, che quella bottiglia costava più del mio vestito. E forse, anche più del collare.

"Samara".

La sua voce arrivò da un punto imprecisato alle mie spalle e mi girai quasi con un salto. Il vero shock però fu vedere la sua faccia, non mi aspettavo che lo avrei mai più rivisto, e forse era l'ultima persona che avrei voluto vedere lì in quel momento.

Neil Vance.

8

"Che piacere rivederti. Non speravo in circostanze del genere, ma la vita è piena di sorprese".

L'uomo era sicuro di sé come la prima notte che lo avevo incontrato, ma c'era qualcosa di leggermente diverso questa sera. Non riuscivo a capire cosa. Come era possibile che fosse Neil? Non avevo il tempo di pensare ai perché e percome al momento. Ero qui per arrivare fino in fondo.

"Buona sera", dissi, cercando di farmi vedere tranquilla. Ero certa che avesse visto la mia espressione sconvolta e sorpresa e probabilmente se la stava godendo in silenzio.

"Grazie per avermi invitata qui". Mi resi subito conto di quanto suonasse stupida quella frase non appena le parole lasciarono la mia bocca, ma non sapevo cos'altro dire in quella situazione. Ehi, grazie per avere pagato per la mia verginità e aver salvato la vita di mio fratello. Non credo che sarebbe stata una grande cosa da dire, anche se era molto vicino a come mi sentivo al momento.

"Al contrario, è un piacere mio averti qui e spero che sarà un piacere anche per te, con il tempo. Perché non ci sediamo. Vuoi un po' di champagne?"

"Certo, con piacere". E onestamente avrei preso qualsiasi cosa che mi aiutasse a rilassarmi. Avrei dovuto cercare di trovare il giusto stato d'animo per fare questo lavoro.

Si spostò per aprire la bottiglia e si aprì con uno scoppio nel tovagliolo che teneva in mano. Versando lo champagne in due bicchieri, si avvicinò per sedersi accanto a me sul divano e mi porse un bicchiere.

"Brindiamo al provare cose nuove", dissi e poi brindammo facendo toccare i bicchieri. Sorseggiai lentamente lo champagne e lo assaporai, cercando di concentrarmi su qualcosa.

"Sei nervosa, Samara?"

Scossi la testa. "No, non vedo alcuna ragione per essere nervosa".

"Sei sicura?"

Annuii, ma la verità era che il cuore mi batteva all'impazzata nel petto e che sentivo l'emozione crescere dentro di me. Non era un nervosismo che mi faceva venire voglia di scappare e andare via dall'attico, volevo quasi afferrare Neil e bacialo in quel momento, lì dov'era seduto.

Sorseggiammo il nostro champagne e lui mi fece alcune domande sulla mia vita, cosa mi piaceva fare nel tempo libero e come ero finita a lavorare al club.

"La mia migliore amica, lavorava lì come barista e un giorno mi ha detto che cercavano personale, quindi ho colto subito l'occasione".

Neil annuì e mi guardò di nuovo con attenzione, i suoi occhi studiavano lentamente le mie forme. "Sapevi che tipo di club era prima di iniziare a lavorare lì?"

Risi e questo sembrò farlo felice. "Ecco, è difficile non capirlo dopo esserci entrata la prima volta. C'era una coppia che lo faceva in piscina come se niente fosse. Poi, ovviamente, quando ho iniziato a servire ai tavoli finivo spesso in alcune delle alcove o delle stanze private, quindi avevo un posto in prima fila per molte cose".

"E cosa ne pensavi?" chiese tracciando con un dito la lunghezza del mio braccio. Mandò un brivido lungo la mia schiena e mi fece restare senza fiato.

"Era diverso... nuovo... emozionante". Potevo a malapena metterlo a parole, così distratta dalle sue dita che tracciavano ghirigori sulla mia pelle.

Annuì e mi guardò in faccia, osservando i tratti del mio viso e i dettagli del mio corpo. Era un po' strano vederlo mentre concentrava su di me tutta la sua attenzione.

"Sei molto bella Samara. Ti rendi conto di quanto sei bella? Sai che metà di quegli uomini entravano nel club solo per vedere te? E tutto solo perché non potevano averti. Avrebbero fatto di tutto per farti diventare una delle donne che lavoravano al piano".

Le mie labbra si aprirono involontariamente e iniziai a respirare con maggiore affanno. Ero sconvolta dall'effetto che Neil Vance aveva su di me, ma non mi dispiaceva. Era stato così sicuro di sé, così indisponente, ma ora in sua presenza avevo bisogno di qualcosa di più da lui.

Come se mi avesse letto nel pensiero si avvicinò a me e inalò l'aroma del mio profumo nell'incavo del mio collo. Tremai per l'anticipazione, aspettando che mi baciasse o mi toccasse in qualche modo, ma invece le sue labbra aleggiarono vicino al mio orecchio per dei secondi silenziosi e tormentati.

Alla fine, sussurrò qualcosa: "Ti farò implorare per averlo".

Il suo alito caldo mandò un brivido di piacere lungo la mia spina dorsale e poi fu di nuovo in piedi. "Seguimi, ci aspetta la cena".

Neil mi scortò verso la sala da pranzo del suo attico, un angolo completamente circondato da finestre. Il tavolo era enorme, abbastanza grande da ospitare facilmente 16 persone, ma quella sera era apparecchiato per due in un angolo. Un cuoco portò fuori i nostri piatti e servì un pasto leggero di salmone e burro aromatizzato, patate novelle al forno e fagiolini. Neil versò altro champagne e per la fine della cena, al secondo bicchiere, cominciavo a sentire gli effetti dell'alcol.

Conversammo normalmente, senza fare troppe domande riguardo la nostra vita personale. Penso che fossimo entrambi insicuri riguardo quello che stavamo per fare quella sera e io di certo non avevo idea di cosa ci fosse in serbo per me.

"So che sembra un po' presto per andare al letto, ma abbiamo molto da fare questa settimana"

Quella dichiarazione mi colse alla sprovvista e mi fece venire in mente molte altre domande.

"Vieni con me", disse, tendendomi una mano.

Io la presi dubbiosa e mi lasciai accompagnare verso la sua camera. Era piacevolmente arredata e per lo più bianca. "Saremo qui stasera, ma altre sere potrei portarti in un'altra stanza. Però credo che sia importante che questa cosa succeda qui questa sera".

Annuii, iniziando a capire cosa stesse dicendo. Questo era il luogo in cui sarebbe successo. Questo posto era dove avrebbe preso la mia verginità e magari dove mi avrebbe mostrato qualcosa di divertente nel frattempo. Non c'erano dubbi che questo uomo ci sapesse fare.

Una parete della camera da letto era completamente fatta di finestre. La guardai dubbiosa e lui se ne accorse.

"Non preoccuparti, posso controllare se qualcuno può vederci mentre siamo dentro. Quindi, quando vuoi un pubblico, devi solo farmelo sapere. Ma fino ad allora lo terremo per noi".

"Grazie", dissi con sorriso. Per la prima volta vidi una nota di dolcezza sul suo viso, ma quel cenno scomparve quasi con la stessa velocità con cui era apparso.

"Togliti i vestiti. Voglio vederti".

Cominciavo a capire come sarebbero andate le cose. Mi

disse cosa dovevo fare. Aveva senso ora, il collare. Sollevai le mani dietro il collo e slacciai il vestito aprendo la cerniera fino in fondo, poi lo sfilai lasciandolo cadere sul pavimento.

Sapevo qual era il mio aspetto, lì in piedi, indossando solo il reggiseno e le mutandine che mi aveva inviato il giorno prima. Sapevo che il sottile tessuto della lingerie non nascondeva assolutamente nulla. Potevo sentire i capezzoli indurirsi sotto il suo sguardo e diventare sporgenti, li sentivo duri contro il pizzo delicato.

"Sei proprio deliziosa, Samara. Grazie per indossare la lingerie. È da un po' che ti sogno. Sappi che ti tratterò bene se obbedirai ai miei comandi".

Si avvicinò al comodino e tirò fuori un frustino con delle piume sulla punta, poi si avvicinò a me. "Quanto sei sensibile?" Chiese toccandomi lievemente la pelle del braccio con la piuma, facendola scorrere poi fino alla mia spalla.

"Molto", sussultai. Sentii il solletico, ma non era fastidioso. Il respiro mi morì in gola con un leggero sussulto e sentii un brivido crescere nel profondo. Non avevo freddo, ma non riuscivo a stare ferma.

Mosse la piuma avanti e indietro sul mio seno, facendolo indurire ancora di più.

"Ti piace", disse Neil quasi con la voce roca e bassa. "Ora girati, voglio vedere il tuo culo".

Mi girai, quando me lo disse e mi fece chinare sul letto. Mi aspettavo di nuovo la piuma, fui sorpresa, quando mi afferrò il sedere con una mano e strinse forte, chinandosi per sussurrarmi all'orecchio.

"Sei mia questa sera. Ricordalo. Ricorda che tutto quello che faccio è per entrambi. Condividerai qualcosa di completamente nuovo con me".

Prima che mi rendessi conto di cosa volesse dire, portò indietro la mano e mi sculacciò con forza sulla natica destra, poi iniziò a carezzarmi con gentilezza.

"Ad ogni colpo brusco, seguirà un tocco leggero, questo te lo prometto. Non sentirai nessun dolore che non sia subito seguito da un dolce piacere, ma questa settimana ti userò a mio piacimento. E per quando avremo finito, mi implorerai per averlo. Farai ciò che ti chiedo, quando te lo chiedo, o ti punirò".

Non sapevo bene cosa volesse dire davvero con queste parole, ma cominciavo ad averne un'idea. Avevo il respiro affannato, pensavo ai clienti appassionati di BDSM che ogni tanto frequentavano il Club V. Cosa sarebbe successo ora? Mi avrebbe legata?

Si tirò indietro e mi fece alzare. "C'è ancora una cosa che non abbiamo fatto", mi disse in un orecchio con voce roca.

"Ci sono tante cose che non abbiamo mai fatto", risposi senza pensarci.

Lui rise e passò un dito sulla mia guancia prima di avvolgerla con il palmo della mano. "Samara, posso baciarti?"

Rimasi sorpresa nel sentire quella domanda. Mi sorprese che non si fosse limitato a imporre il suo volere, che non avesse posseduto la mia bocca senza chiedermi il permesso. Non che fosse necessario. In quel momento, mentre scrutavo i suoi profondi occhi blu, sapevo che Neil Vance poteva avere tutto ciò che voleva da me, in qualsiasi momento lo volesse.

Annuii per dargli il consenso e lui premette le sue labbra sulle mie, iniziò lievemente e poi si trasformò in un bacio profondo e appassionato che mi lasciò senza fiato e desiderosa fin dentro nell'anima di averne ancora.

Quando lo interruppe, sul suo viso era dipinto un sorrisino furbo. "Sei deliziosa. E sai cos'altro so?"

Scossi la testa. Avevo l'impressione che questo uomo potesse quasi leggermi nella mente e avevo paura che sapesse tutto di me, qualsiasi cosa. Che sapesse di potermi prendere in quel momento, senza pietà e che io non mi sarei lamentata affatto.

"So che sei eccitatissima, Samara. Posso sentire l'odore della tua fica bagnata".

Non mi era mai capitato che mi cedessero le ginocchia nel sentire qualcuno che mi parlava così, ma in questo caso lo fecero e io gli afferrai il braccio per reggermi.

"Lo sei?"

Feci un respiro profondo. Era il momento di farmi coraggio.

"Perché non mi tocchi e lo scopri da solo", sussurrai.

Lentamente fece scivolare la mano sulla curva del mio fianco e la portò tra noi, affondando il dito nelle mie mutandine per carezzare le mie pieghe setose. Sospirai e chiusi gli occhi al suo gesto, godendomi la sensazione della sua presenza. La mia mente tornò alla prima notte in cui lo vidi, quando la cameriera era venuta nel suo ufficio e lui aveva fatto la stessa cosa con lei.

Ora, Neil Vance, uno dei proprietari del Club V, era con me, le sue mani erano nelle mie mutandine, e nel corso delle prossime ore sarebbe stato l'uomo che avrebbe preso la mia verginità. Non riuscivo ancora a credere che fosse tutto vero.

Ritirò le dita da dove si trovavano, tra le mie labbra, e le portò alla mia bocca. "Assaggia il tuo sapore", comandò. Aprii la bocca e avvolsi le dita con le labbra, assaporando l'umidità sui suoi polpastrelli. Li succhiai fino a pulirti e quando lui li estrasse dalla mia bocca si avvicinò per baciarmi di nuovo, affondando la sua lingua per assaggiarmi.

"Mmm", gemette quando si tirò indietro.

"Assaggiami", dissi, con gli occhi fieri e dominanti.

Non dovetti suggerirlo due volte. Mi abbassò le mutandine in un attimo e fu subito in ginocchio, aprendomi le gambe e guardandomi adorante. Fece scivolare la lingua una o due volte sul mio clitoride inviando brividi di piacere a tutto il mio corpo. Poi si chinò per succhiarlo con forza e insistenza, infilando due dita dentro di me. Le fece scivolare dento e fuori con delicatezza e con dei movimenti ritmici mentre io gli afferravo i capelli e lo tiravo più vicino a me. Potevo sentire che stavo per perdere il controllo e il calore dell'intenso orgasmo che cresceva dentro di me.

"Ti prego, per favore", lo implorai. "Non fermarti".

Non lo fece. Capivo che non lo avrebbe mai fatto, non quando ero così vicina. Con un brivido sentii una piccola esplosione dentro di me e una serie di spasmi di piacere.

Neil si tirò indietro e mi guardò. "Sei così bella, non riesco a mettere a parole quanto ti desideri in questo momento".

"Potresti mostrarmelo, invece", dissi con una risatina stanca. Il mio corpo era completamente sazio, ma sapevo di volere di più da lui. La domanda era se lui mi avrebbe permesso di avere ciò che volevo. La sua dominanza era chiaramente qualcosa di molto importante per me e capivo davvero come funzionasse. Gli piaceva farmi stare bene, avevo una prova di questo, ma potevo avere quello che volevo quando lo volevo? Mi era permesso chiedere?

"Neil, posso farti qualche domanda, riguardo tutto questo?"

"Certo", disse lui prendendomi in braccio e posizionandomi sul letto. Era come una nuvola e sospirai felice mentre affondavo sulla soffice coperta.

"Il collare, il gioco di potere, di che si tratta?"

"Ah, il collare. Ecco, mi chiedevo se tu avessi trovato l'indizio che si nascondeva dietro. Se ricordi, la prima volta che ci siamo visti hai incontrato Asia, lei indossava un collare simile a quello. Credevo che ti avrebbe fatto pensare a me".

Sorrisi, tirai indietro la coperta e mi infilai sotto, invitando Neil a seguirmi. Lui si spogliò fino ai boxer e si infilò sotto le coperte, tirandomi vicino a sé.

"Va bene per te?", chiese. Non sapevo perché la sua domanda mi cogliesse di sorpresa, ma fui felice che mi chiedesse il permesso prima di proseguire.

"Mi piace", dissi e mi accoccolai al suo petto muscoloso e liscio. "Raccontami di più sul collare e tutto il resto".

Fece un respiro profondo inalando il profumo del mio shampoo. "Voglio che tu sappia che anche se te l'ho inviato, non mi aspetto davvero che lo indossi. Indossare il collare è un simbolo di qualcosa e decisamente non siamo ancora a quel punto. Se sarai interessata a una relazione di sottomissione con me quando tutto questo sarà finito, allora sarei felice di parlarne. Ma prima voglio conoscerti un po' meglio. E poi ci sono un paio di cose di cui devo occuparmi prima".

Sentivo la sua erezione crescere contro il mio ventre e allungai la mano per tracciarne il profilo attraverso il tessuto dei boxer.

"Hai paura?" chiese.

Scossi la testa. "Non proprio. In realtà non vedo l'ora. È emozionante".

La sua mano su spostò di nuovo tra le mie gambe e toccò il mio clitoride che era ancora sensibile. Con l'altra mano mi slacciò il reggiseno e io lo sfilai, dandogli pieno accesso ai miei seni.

"Sono davvero incredibili", disse con voce roca mentre si avvicinava per prendere un capezzolo tra le labbra e succhiarlo prima con dolcezza e poi con più decisione, finché entrambi non furono turgidi ed eretti, due bottoni che sporgevano dai miei seni.

Cominciavo a dimenarmi sotto di lui e mi sentivo un po' in colpa perché lui non stava ricevendo le stesse attenzioni, quindi allungai la mano verso di lui per toccarlo ed esplorare la vellutata lunghezza della sua erezione. Era già un po' bagnata e avrei tanto voluto chinarmi e laccare quella goccia dalla punta, ma era evidente che lui avesse altri piani.

"Ti voglio, Samara. Ti voglio ora".

L'intensità nella sua voce mi fece rabbrividire e sussultare. Aprii ancora di più le gambe e gli permisi di spostarsi in mezzo ad essere mentre si sfilava i boxer e li lanciava via. Poi indossò rapidamente un preservativo.

"Sei così bagnata. Samara, sei pronta? Per te farò le cose lentamente...", si avvicinò a me per sussurrarmi all'orecchio, "ma solo questa volta".

Annuii furiosamente, il desiderio cresceva in me secondo dopo secondo. "Ti prego, ti voglio Neil".

Sentii la punta della sua erezione che toccava la mia entrata stretta. Lentamente, dolcemente, iniziò a spingere dentro di me. Era più grande di quanto credessi e sentii il mio corpo abituarsi alla sua dimensione mentre lui allargava ogni centimetro delle mie pareti e si faceva strada dentro di me. Quando finalmente fu completamente dentro, gli sfuggì un sospiro e si interruppe per un momento.

"Spero che sia bello per te almeno la metà di quanto lo è per me", disse e io lo tirai a me per baciarlo mentre iniziava lentamente a uscire, per poi affondare di nuovo dentro di me. Adoravo questa sensazione, l'essere riempita e posseduta. Riuscivo a capire perché era un uomo dominante... perché in quel momento io ero sua. Mi stava reclamando in suo possesso. E avremo avuto questa notte per sempre, la notte in cui gli avevo permesso di prendere la mia verginità.

Aumentò il ritmo e capii dallo sguardo sul suo viso che era completamente immerso nel piacere dell'atto. I suoi occhi erano semi chiusi e i suoi fianchi spingevano dentro e fuori, portandolo sempre più vicino al momento del piacere.

Anche io sentivo qualcosa crescere dentro di me. Era diverso ora che lui era dentro di me, toccandomi in posti in cui non ero mai stata toccata, né dalle dita né da un vibratore. Era come se avesse accesso a una parte di me che nessun altro era mai riuscito a raggiungere prima. E ogni volta che affondava nel mio corpo mi avvicinavo un po' di più a quello che sembrava sarebbe stato un orgasmo molto intenso.

Con un'ultima spinta sottolineata da un gemito, Neil si

lasciò andare e lo sentii tremare dentro di me, mentre lo circondavo con le gambe e lo tenevo stretto; il mio piacere era così potente che non potei fare altro che cercare di riprendere fiato.

Mi aveva comprata e aveva pagato per avermi, e ora non ero più vergine.

9

Quante altre volte lo avevamo fatto quella notte? Persi il conto dopo la quinta. Neil aveva continuato a svegliarmi nel bel mezzo della notte, esplorando ogni centimetro del mio corpo con le mani. Non mi ero mai sentita così con nessun altro, mai in tutta la mia vita. Era come se volesse venerarmi e assaporare ogni secondo che trascorrevamo insieme. Non potevo fargliene una colpa. Stava pagando un caro prezzo per avere la mia compagnia in questa settimana.

Fu quasi naturale svegliarmi accanto a lui la mattina dopo, con le sue braccia stese tranquillamente sul mio corpo. Mi carezzò un fianco e mi svegliai, voltandomi per guardarlo in faccia.

"Buongiorno, Samara".

"Buongiorno, Neil", dissi con un sorriso.

"Ti va di fare colazione? Posso chiedere a Meredith di prepararci qualcosa se vuoi".

Sentii il mio stomaco lamentarsi alla parola colazione.

"Lo prenderò come un 'sì', allora". Prese il telefono, aprì una app e selezionò un paio di cose, poi lo mise di nuovo a posto.

"Le ho solo fatto sapere che sono sveglio e di aspettarmi in cucina tra 20 minuti".

"Perché tra 20 minuti?"

"Perché ho altri piani ora", disse Neil, mettendo subito in chiaro quali fossero questi piani, quando iniziò a divorare di nuovo il mio corpo.

———

La colazione fu deliziosa, sia quel giorno che il giorno successivo. Tutto ciò che cucinava Meredith era eccezionale e non sembrava una spesa così eccessiva il fatto di avere una cuoca e domestica a portata di mano, quando era in grado di preparare dei pasti come quelli che mi aveva servito fino ad ora.

La seconda mattina nell'attico, dopo il primo giorno trascorso a conoscerci un po' meglio e ad abituarci alla presenza dell'altro, Neil disse che aveva una sorpresa per me.

"Di che si tratta?", chiesi mentre mi accompagnava lungo il corridoio.

"Ricordi quando ti ho detto di avere un'altra camera?"

Annuii, chiedendomi in che trappola mi stessi cacciando. Nelle ultime 48 ore avevamo fatto sesso ininterrottamente, più o meno, e stavo iniziando a sentirmi un po' esausta.

"Non faremo..."

Ci fermammo fuori dalla porta della camera da letto e mi avvicinò a sé per baciarmi. "Non faremo niente che tu non voglia".

"Ma se tu sei quello in comando, sarai tu a dirmi cosa devo fare, allora come è possibile che non faccia niente che io non voglia?"

Lui rise. "Pensaci un attimo. Ti ho mai fatto niente che tu non volessi? Abbiamo mai fatto qualcosa che non ti facesse stare bene?"

Neil aveva ragione, anche se odiavo ammetterlo. Era come se avesse aperto una porta che dava su una parte segreta del mio io e avesse liberato dei desideri nascosti in me. E in qualche modo, sapevo bene cosa fossero.

Aprì la porta e accese la luce. Era una luce soffusa e creava atmosfera, ma riuscivo comunque a vedere cosa c'era sulle pareti della stanza. Ai quattro angoli c'erano diversi macchinari o strutture. Riconobbi un letto per il bondage e una panca per il bondage. Sulle pareti c'erano attaccate diversi tipi di fruste. In un angolo c'era un modellino che mostrava una corda legata con maestria. Avevo già visto cose del genere e mi chiesi se fosse stato Neil a fare quei nodi o se li avesse fatti qualcun altro. Doveva essere stato lui. Non era possibile che lui si sottomettesse a qualcuno.

"Hai paura?", chiese Neil. Questa iniziava a sembrarmi la sua domanda preferita.

"No", dissi, completamente onesta riguardo i miei sentimenti. "Alcune di queste cose sembrano divertenti".

"Voglio che tu ti tolga i vestiti, ora".

Gli lanciai un'occhiata di traverso. "E se non volessi farlo?"

Si avvicinò ancora di più e parlò a voce bassa: "Ti ho mai detto di fare qualcosa che non ti ha fatto provare piacere? Togliti i vestiti. Non te lo ripeterò".

Invece di discutere, mi spogliai completamente e trovai la sola idea di stare lì in quella stanza con lui, circondata da tutti i suoi giocattoli preferiti, una delle esperienze più eccitanti ed emozionanti della mia vita. Avevo i capezzoli duri e turgidi, e sentivo la mia fica contrarsi in risposta alla sua richiesta.

"Inginocchiati per terra", comandò.

Obbedii a quelle parole e lui si spostò nell'altro angolo della stanza, dove non potevo vederlo. Quando tornò aveva diversi metri di corda rossa con cui legarmi. Iniziò con le braccia, firmandole davanti a me e avvolgendo la corda intorno ad esse. Avevo già visto una cosa del genere prima d'ora, ma non avrei mai immaginato la sensazione della corda setosa contro la mia pelle. Ma non era solo quello, era il suo modo di fare e la professionalità dimostrata da Neil nell'atto di legarmi.

Cominciavo a respirare con affanno mentre avvolgeva la corda al mio corpo con un disegno elaborato. Persi completamente il senso del tempo, cercando di concentrarmi sulle sue azioni, ma perdendomi nei suoi movimenti, nella sensazione della corda che si stringeva su di me.

Alla fine, quando concluse l'operazione, ero in terra e completamente legata, i miei seni pesanti sporgevano oscenamente davanti a me. I miei capezzoli erano così duri da farmi male e volevo chiedere a Neil di succhiarli, ma sapevo che avrebbe detto di no. Mi prese e mi adagiò sul letto presente nella stanza.

"Starai qui per un po' e io ti guarderò, mia bella Samara".

Passò qualche minuto, poi si avvicinò e posò un oggetto sul comodino che era fuori dal mio campo visivo. Neil fece scorrere le sue grandi mani su tutto il mio corpo. Io tremai di piacere, mentre le sue dita scendevano lungo i miei seni e la mia schiena, per poi tornare verso l'alto accarezzando tutto di me.

Potevo sentire il suo odore, un misto inebriante di sesso... e mascolinità.

Un dito si fermò sul mio clitoride, mentre un altro si fermò tra le mie natiche. Senza indugiare, lo fece scivolare in giù, verso la mia apertura, esercitando una pressione provocante mentre procedeva per poi fermarsi sulla mia fessura bagnata. Questo mi fece ridere divertita. "Vedo che qualcuno qui è felice", la sua voce era profonda e sensuale.

"Mmm...", gemetti.

Il dito di Neil si mosse avanti e indietro delicatamente, percorrendo la lunghezza della mia fessura, anche mentre con l'altra mano mi stimolava il clitoride. Rabbrividii sotto il suo tocco, pregando che non si fermasse mai.

Questo era qualcosa di diverso, una connessione più profonda, un piccolo piacere perverso che comprendeva cedere tutto il controllo a quest'uomo.

Il suo dito si mosse più velocemente sul mio clitoride gonfio.

Mossi i fianchi per cercare di creare della frizione contro la mano di Neil. I suoi occhi erano puntati su di me, quando all'improvviso strinse il clitoride con forza. Fui percorsa da brividi di dolore e piacere, emettendo un gemito roco mentre mi ritiravo da quella sensazione.

"Sei una ragazzina perversa, vero?"

Riuscii solo ad annuire.

Neil si chinò davanti alle mie gambe aperte. Alzò lo sguardo su di me con un sorrisino malizioso dipinto sul viso. "Sei pronta per un piccolo test?"

"Sì", mi leccai le labbra nervosamente. Di che test poteva trattarsi? Avevo difficoltà a concentrarmi, volevo che Neil mi toccasse, che facesse scorrere la lingua nella mia fessura bagnata, finché non fossi esplosa.

Allungando la mano verso il comodino vicino a me, Neil produsse quasi dal nulla un dildo, aveva la forma di un pene umano. Doveva essere lungo almeno venti centimetri, ed era molto grosso. "Vedo che sei già pronta e bagnata, quindi non ci preoccuperemo della lubrificazione. Il tuo test consiste nel tenerlo dentro finché non sarò io a toglierlo".

Non avevo mai fatto una cosa del genere in vita mia. "Che succede se non ci riesco?"

"Se fallisci, userò la frusta... e non sarà divertente". Il divertimento era scomparso dai suoi occhi, sostituito da un'espressione seria.

Chiusi gli occhi, annuendo in approvazione alla sfida. Come potevo fare altrimenti?

Allora, all'improvviso, sentii la testa del dildo premere contro di me. La mia fica era stretta e la sensazione di questa testa grossa che spingeva dentro di me era intensa, una combinazione che oscillava tra il piacere e il dolore mentre le mie pareti si stendevano per fargli spazio.

D'un tratto, proprio quando pensavo che mi sarei spaccata in due, il mio corpo cedette e il dildo entrò tutto insieme, riempiendomi completamente. Mi sentivo così piena, ogni centimetro della mia fica poteva sentire la finta pelle della lunghezza, completa di vene e spessori.

Onestamente, era incredibile.

Neil mi guardava con grande attenzione, e con un piccolo sorriso sul viso. Capiva chiaramente cosa stessi provando in quel momento.

"Sei pronta per il tuo test?"

Pronta per il mio test? Che altro poteva esserci oltre questo?

Vedendo la confusione sul mio viso Neil rise, dondolandosi sui talloni per scendere dal letto. Si chinò e mi baciò dolcemente sulle labbra, "Sei così innocente. Mi divertirò così tanto con te".

E così si allontanò, diretto a un tavolo su cui c'erano diversi oggetti. Iniziò a cercare qualcosa. Estrasse da qualche parte un piccolo telecomando e una lunga frusta di pelle.

I miei occhi si spalancarono in sorpresa. No, non poteva davvero...

Nelle mie profondità, il dildo iniziò a pulsare e vibrare.

L'effetto fu istantaneo. Fui inondata dai miei umori, mentre la vibrazione toccava ogni parte del mio sesso. In pochi secondi mi ritrovai a dimenarmi dal desiderio, ero così eccitata che era difficile concentrarmi. I miei capezzoli erano duri come roccia, non vedevano l'ora di essere succhiati o torturati... o qualsiasi altra cosa, volevano solo qualcosa che potesse fare da contrasto all'incredibile sensazione che si diffondeva dal dildo.

"Questo è il test", sorrise Neil. "E per renderlo ancora più difficile, non potrai venire con l'impostazione che ho scelto".

"No!"

"Oh, sì".

Mi dimenai sul letto, il mio corpo stava andando a fuoco con le pulsazioni che sentivo da dentro.

Mi fu presto chiaro, tuttavia, che le vibrazioni del dildo erano troppi delicate per farmi venire.

Avevo gli occhi puntati su Neil che osservava ogni mio minimo movimento, intanto mio corpo continuava a contorcersi per le vibrazioni che si diffondevano nel mio corpo. Si avvicinò alla porta e si voltò a guardami: "Tornerò tra pochissimo".

Mi sembrò che fossero passate ore e sentivo dolore per la grandezza del dildo che spingeva contro le mie pareti, quando finalmente la vibrazione si interruppe. Fui lasciata nella stanza solo con una lieve luce che proveniva da una piccola lampadina in un angolo. Non ci volle molto prima che mi addormentassi. Ero completamente esausta e non mi importava del sudore che gelava il mio corpo, su di me aleggiava l'odore del sesso e avevo ancora il dildo dentro di me.

―――

Neil mi raggiunse a notte inoltrata, infilandosi nel letto accanto a me mentre dormivo, ancora esausta dall'attività precedente. Il dildo era stato rimosso e anche la corda che mi legava e che aveva lasciato dei segni sul mio corpo.

Le sue dita si mossero tracciando dei cerchi lenti, partendo dal mio seno e poi iniziando a muoversi verso il basso, seguendo quei lievi segni, finché non le sentii sulla mia fica.

I miei seni si indurirono.

Aprii gli occhi, ma non riusciv0 a vedere nulla. Non c'era alcuna luce che proveniva da sotto alla porta, e nella stanza era completamente buio.

Le sue dita danzavano sui miei capezzoli, e sentii all'improvviso un dolore causato dal piacevole dolore dovuto al dildo. Il mio corpo era emozionato per il suo tocco, e sentii i miei umori inondarmi all'improvviso.

Mi resi conto che ero incredibilmente eccitata da lui, dalla situazione in cui mi trovavo in quel momento. Solo qualche giorno fa ero vergine e ora stavo sdraiata al buio con un uomo premuto sul mio corpo, e che stava chiaramente per scoparmi finché non ne sarebbe stato soddisfatto. Era proprio quello che volevo, mi resi conto.

Sentivo il mio corpo rispondere, muovendosi al ritmo del suo tocco, la mia fica iniziò a sentire il bisogno di lui.

Neil mi prese la testa con la mano destra e la inclinò verso sinistra, in modo da potermi baciare. Fu un bacio profondo e appassionato e il mio corpo fu percorso da brividi di piacere. Sì, lo avrei scopato con tutte le mie forze.

Sorrisi allora, quando sentii il suo grosso cazzo bollente premere tra le mie cosce. Sollevai la gamba sinistra permettendogli di spingerlo oltre le mie pieghe, muovendosi facilmente tra l'umidità che trovò lì.

Senza attendere oltre, Neil spinse dentro di me, la sua erezione mi riempì completamente. Rabbrividii e gemetti di piacere. Era incredibile. Sapevo che era un cliché, ma sembrava che lui fosse fatto apposta per me, su misura, quasi.

Tremando di piacere all'improvvisa sensazione, mi spinsi su di lui, volendone ancora. Lui rispose allo stesso modo, iniziando a spingere dentro di me e poi uscendo... lentamente.

Mi stava mandando fuori di testa, ma ogni volta che cercavo di spingermi e di avvicinarmi a lui per aumentare la stimolazione, Neil piazzava una mano sul mio fianco per fermarmi e per fermarsi.

Ogni volta che lo faceva emettevo un lamento insoddisfatto, avevo bisogno di molto altro.

Continuammo così per un po', finché lui non fece scivolare la mano destra sopra il mio sesso. Con abilità trovò il mio clitoride e iniziò a massaggiarlo con il pollice e l'indice, usando le mie labbra contro di me per stimolarmi ulteriormente.

Iniziai a sussultare, mi mancava il fiato e facevo fatica a respirare mentre cercavo di mantenere un po' di controllo sul mio corpo.

Mi resi conto che era del tutto inutile. Sapeva esattamente cosa fare, sapeva di cosa avessi bisogno e sapeva come portarmi sul baratro di un orgasmo e poi lasciarmi lì in attesa, interrompendo il mio piacere per permettermi di calmarmi, solo per poi riprendere senza preavviso e ogni volta restavo sorpresa dal mio stesso piacere.

Cristo santo!

La mia mente correva all'impazzata, cercando di stare al passo con le sensazioni incredibili che mi regalavano le sue dita sulla pelle. La mia fica pulsava, mentre lui continuava a muoversi fuori e dentro di me, la sua erezione che mi riempiva per poi abbandonarmi mi stava facendo impazzire lentamente.

Stava facendo l'amore con me, mi resi conto, si stava prendendo del tempo per godersela e per immergersi nel mio stesso piacere. Rabbrividii di nuovo, mentre spingeva ancora una volta tra le mie pieghe, riempiendomi gradualmente con tutto il suo cazzo.

Ero così bagnata, eppure la nostra unione restava nel completo silenzio. Non era come quel sesso brutto e rumoroso che avevo immaginato. No, era incredibilmente quieto, sentivo solo il rumore del suo respiro nel mio orecchio. Quel calore e il tocco che sentivo nell'orecchio e sul collo aggiungevano un'ulteriore stimolazione a quella delle sue dita, una delle quali stava massaggiando il mio seno destro, mentre la sua mano sinistra continuava a carezzare con fermezza il mio clitoride gonfio.

Dentro... e fuori di nuovo... e poi di nuovo dentro lentamente. Restava lì, solo per qualche momento, mentre il mio clitoride pulsava e fremeva sotto il suo tocco... e poi usciva di nuovo, la sua erezione mi riempiva anche mentre si ritirava... finché restai senza di lui, sentendomi vuota in sua assenza eppure sussultando dal piacere che fluiva dentro di me a partire dai miei seni... e poi gemendo di piacere quando il suo meraviglioso cazzo premette di nuovo dentro di me, con un solo lungo e lento movimento fluido... la sua forma era modellata sulla mia... i suoi contorni sembravano combaciare naturalmente ai punti del mio piacere, quelli più segreti.

Mi sembrava di essere in paradiso e io mi ero completamente abbandonata al piacere.

Potevo sentire l'onda arrivare, sapevo che il mio corpo stava per raggiungere la vetta dell'orgasmo. Mi sentivo perversa, una peccatrice, a lasciare che quest'uomo prendesse così il mio corpo, come aveva fatto negli ultimi giorni. Ma ora, in questo letto, coperta dal sudore della mia passione, l'odore del mio stesso sesso che sentivo denso nelle narici mentre la mia fica lo avvolgeva ancora e ancora, ora, in questo istante nulla mi importava più.

Volevo solo essere scopata. Volevo affogare in quella sensazione, la sensazione di essere riempita da quella erezione pulsante, di sentire il mio corpo muoversi contro quello di Neil nonostante le ultime scintille di forza di volontà che mi erano rimaste.

Determinata a riprendermi un minimo di controllo, affondai il sedere verso di lui e sorrisi, mentre lui iniziava a muoversi ritmicamente contro me, la sua erezione turgida premeva contro il mio corpo, aprendo le labbra tremanti della mia fica bagnata.

Sorrisi a me stessa immersa nel buio, all'improvviso ero così felice da non avere parole per descriverlo, mi stavo godendo il momento. Finalmente, nell'oscurità, mi arresi del tutto e mi lasciai andare.

Era passata almeno un'ora, un'ora delle sue mani sul mio corpo, che giocavano con le zone più sensibili, come se fosse uno strumento. Un'ora della sua erezione dentro di me, portandomi lentamente verso il piacere.

Lo sentii pulsare all'improvviso e poi essere percorso da un tremito, percorso da brividi di piacere mentre si lasciava andare. E poi, proprio quando lui venne, il mio corpo si contrasse e tremò contro il suo quando anche io esplosi in un orgasmo. Vidi le stelle davanti agli occhi, anche se ero avvolta dall'oscurità, e dalla mia gola emerse un urlo lungo e acuto.

Quando tutto finì collassai tra le sue braccia, i miei seni si muovevano al ritmo del mio respiro affannato. Neil si accoccolò a me, tenendomi stretta. Mi sentii amata e protetta, e glorificata nel mio essere donna, tutto allo stesso tempo.

———

ERA STATO SOLO L'INIZIO. Pelle, piume, frustini e bavagli... mi sembrava che avesse provato di tutto su di me, e stranamente, almeno stranamente per me, amavo ogni minimo aspetto di quei momenti. Adoravo quando mi bendava e stuzzicava ogni zona del mio corpo. Mi sentivo frustrata, ma alla fine molto compiaciuta ogni volta che mi lasciava legata al letto per qualche ora dopo avermi portato più e più volte vicino all'orgasmo, ma senza mai permettermi di venire. Quella volta, quando tornò finalmente da me, ore dopo, lo stavo ancora implorando di scoparmi. E allora lo fece, con forza e passione, più a fondo di quanto avesse mai fatto prima. Fu l'orgasmo più intenso che avessi mai provato, ma non mi permise di fermarmi lì. No, non aveva finito e mi ordinò di continuare a venire finché non fosse stato pronto. Non sapevo che fosse possibile piegare così tanto il mio corpo dal piacere, ma me lo mostrava ancora e ancora con il passare dei giorni. E ogni volta che pensavo di aver provato la cosa più estrema, lui mi portava a nuove vette. E mi chiedevo come avrei fatto a lasciare quest'uomo. Mi aveva dato così tanto e mi aveva insegnato così tanto in pochissimo tempo. Allora capii che, prima o poi, avrei indossato il collare. Ero la sua Samara.

10

La domenica arrivò fin troppo presto. Dopo una settimana di divertimento insieme a lui, tutto stava per finire. Neil aveva deciso di entrare in bagno e guardarmi mentre ero immersa nella vasca dopo che avevamo fatto l'amore per diverse ore quella mattina, svegliandoci molto prima dell'alba e finendo sul pavimento, davanti alle enormi finestre della sua camera da letto, con la luce del mattino che scivolava sui nostri corpi nudi.

Si sedette sul bordo della vasca e mi osservò mentre finivo di lavarmi. "È tutto finito", disse cauto.

Neil mi porse un asciugamano e mi aiutò a uscire da quella enorme vasca. Mi avvolse nel grande telo morbido e iniziò ad asciugarmi. Era un tipo di attenzione a cui non ero ancora abituata, ma sapevo che potevo imparare ad amarle molto in fretta. Era così divertente avere qualcuno che mi dimostrava questo tipo di attenzioni quasi 24 ore al giorno, ogni giorno. Ma avevo ancora delle domande che mi balenavano in testa. Sapevo che aveva dei forti sentimenti per me, ma era disposto a rendere esclusiva una relazione del genere? Non ne avevamo parlato e se fossi stata fedele ai miei sentimenti, pensavo che fosse un po' presto per impegnarmi così tanto. Ero aperta a sentire cosa volesse Neil dopo di questo, ma mi andava bene anche avere altre opzioni. Solo perché avevamo dormito insieme non voleva dire che dovevo abbandonare tutto il resto e lanciarmi in una relazione con questo uomo.

Eravamo entrambi silenziosi mentre mi asciugava. Poi, mentre me ne stavo lì in piedi nuda, lui mi voltò per guardarmi in faccia e mi baciò sulle labbra.

"È l'ultimo giorno. Come ti senti a riguardo?"

Mi guardai intorno, osservando la stanza piena di cose di pregio. "Mi hai abituata ad uno standard di vita che non sarò in grado di sostenere una volta fuori da questo attico".

Neil rise. "Vediamo se posso chiedere al tuo manager di darti un aumento".

Lo guardai cauta. "Non lo faresti, vero?"

"Se lo desideri, potrei. Decisamente".

Scossi la testa lentamente e con fermezza. "Non voglio che quello che è successo tra noi abbia effetti sul mio lavoro. Sarebbe troppo per me gestire la cosa. Forse all'inizio non avevi idea di chi tu fossi, ma sono sicura che ci sono molte persone con cui lavoro che lo sanno benissimo. Fargli sapere che tra noi c'è stato qualcosa, di qualsiasi natura... sarebbe..."

"Sarebbe un problema, ti renderebbe la vita difficile. Lo capisco". Neil prese i miei vestiti puliti e me li passò per permettermi di vestirmi.

Una volta vestita mi voltai di nuovo a guardarlo.

"Cosa ti aspetti dopo che sarai tornata alla tua vita di sempre?"

Ci pensai per qualche istante. Cosa mi aspettavo?

"Credo che in futuro mi concentrerò su mio fratello e sui miei genitori. Tu?"

Neil restò in silenzio mentre si guardava allo specchio. "Credo che anche io passerò più tempo con i miei genitori. Siamo vicini, ma la vita riesce a mettersi in mezzo... a modo suo, direi. Sono sempre stati ottimi modelli per me e mi piacerebbe stare di più con loro, assorbire un po' della loro saggezza. Capire come sono riusciti a trovare l'anima gemella, quando erano così giovani e rimanere sposati per 40 anni".

"Quarant'anni? Wow. Pensavo che i miei stessero insieme da tanto. Sicuramente rispetto ad altri è così, ma i tuoi..."

Neil annuì. "È davvero incredibile. So che la carriera che ho scelto e il tipo di cose che mi piacciono lo rende difficile da credere, ma ho sempre voluto avere quello che hanno loro". Si girò per guardarmi. "Ho sempre voluto sposarmi e avere dei figli, creare una mia famiglia. So che non sono vecchio, ma a 31 anni sembra che sia arrivata l'ora di prendere la vita sul serio".

Annuii in accordo, non ero ancora del tutto sicura di cosa dire. "Immagino che abbiamo entrambi una famiglia da cui tornare".

Neil piegò la testa incerto. "Per me si tratta più di trascorrere del tempo con loro, per te... ecco, hai un futuro molto impegnativo davanti. Josh avrà bisogno di te più che mai".

Non ero certa che mi sarei resa conto di quello che aveva detto se non avesse lasciato quella lunga pausa alla fine della frase.

"Non ho mai detto che mio fratello si chiama Josh. Te lo ha detto Elle? Qualcun altro al club?"

In quel momento avrebbe potuto trovare una via d'uscita, ma invece scosse la testa e disse l'ultima cosa che mi aspettassi di sentire.

"Samara, conosco Josh. Anzi, è da un po' ormai che conosco tuo fratello".

11

"Come fai a conoscere Josh?", chiesi, completamente sconvolta da quale possibile collegamento ci fosse tra Neil Vance, proprietario del Club V, e mio fratello.

"Dai, vieni, andiamo sul terrazzo. Meredith ci porterà la colazione e io ti racconterò tutto".

Neil prese una coperta e andammo di sopra sul terrazzo, sedendoci sui divani. La mattina era luminosa, ma anche fredda e la coperta era stata un'ottima idea.

Mi avvicinai a lui e posai la testa sulla sua spalla. "Allora, raccontami".

Fece un respiro profondo e mi carezzò i capelli con gentilezza. "Non voglio che tu ci resti male, quando ti dirò il motivo per cui ho incontrato tuo fratello la prima volta. Vedi, dopo la notte del nostro primo incontro, non riuscivo a toglierti dalla testa. Certo, sarei potuto venire al club per vederti, parlarti, magari anche chiederti di uscire, ma ero sicuro che mi avresti detto di no se avessi fatto una cosa del genere".

Risi, "Il tuo istinto funziona bene".

"Allora dammi un po' di credito su quanto sto per dirti. Ho

cercato qualche informazione su di te, da dove venivi, il tuo passato e tutto il resto, ma quello che ha attirato la mia attenzione è che avevi un fratello che frequenta la scuola dove mio fratello fa l'allenatore".

Mi sedetti di scatto. "Tuo fratello... è l'allenatore Vance?" Avevo sentito Josh parlare di lui molte volte, ed era una delle persone che era venuta più spesso a trovare Josh in ospedale durante le ultime due settimane. "Non ne avevo idea, cioè, non vi avrei mai collegato".

Neil scosse le spalle. "Certo che no, non ne avevi motivo. Comunque, si dà il caso che a volte vado nel Jersey per aiutare mio fratello con gli allenamenti. A volte ha dovuto saltare un allenamento per alcuni impegni con i figli e io l'ho sostituito, quando ne aveva bisogno. Quindi, in realtà ho incontrato il tuo fratellino prima che incontrassi te, solo che l'ho capito in un secondo momento".

Non riuscivo a smettere di fissarlo. "A volte il mondo è proprio strano, il fatto che tu avessi già conosciuto mio fratello, quando in realtà lavoravamo nello stesso ambiente e ci saremo potuti incontrare in qualsiasi momento".

"Lo so, è incredibile", disse Neil d'accordo con me e mi posò un bacio sulla fronte.

"Ok, allora aspetta. Quando hai scoperto del suo trapianto di cuore? Lo hai visto dalla mia richiesta di prendere parte all'asta?"

Scosse la testa, ma restò in silenzio per qualche momento, mentre Meredith arrivava con un vassoio colmo di piatti per la colazione.

"Grazie", dissi, mentre li posava sul tavolino davanti a noi. Avevo fame, era da tutta la settimana che ero affamata per via della maggiore attività fisica, ma ero più interessata a sentire il resto della storia che aveva da raccontare Neil.

Quando Meredith se ne fu andata, riprese a parlare: "Me

l'hanno detto qualche tempo dopo che è collassato alla partita. Mia mamma mi ha chiamato per dirmi che c'era stato un incidente durante la partita e che c'era qualcosa che non andava, ma è stato solo dopo una settimana che ho ricevuto tutti i dettagli da Brad. Ero a un evento di raccolta fondi a cui la mia famiglia dona spesso, diciamo che facevo coppia con Brad, visto che i miei avevano un altro impegno per la serata. Mi fa piacere andare a questi eventi, sono ottime occasione per farsi dei contatti e dare biglietti da visita. Non si può mai sapere chi sarà il prossimo membro del club".

"Comunque, Brad mi ha raccontato cosa era successo a Josh e io... onestamente mi sono dovuto trattenere dal chiamarti quella notte per chiederti di cosa avesse bisogno la tua famiglia e correre da te. Odiavo l'idea di sapere che stessi male e che stavi facendo di tutto per capire come pagare per un'operazione così importante. Sapevo che sarebbe stato un calvario pagare per il trapianto perché ricordo che da bambino mia mamma ha avuto il cancro ed è stato così anche per noi. Avere un membro della famiglia malato e che potrebbe morire è una delle cose più difficili da affrontare nella vita".

Mi scostò una ciocca di capelli dalla fronte e mi voltò il viso prendendomi gentilmente il mento. "Stai bene? Voglio dire, sul serio, come stai?"

Annuii e gli offrii un lieve sorriso. "Davvero, la maggior parte dei giorni sto bene. Per lo più mi preoccupo per mia mamma e per come sta affrontando lo stress della situazione. So bene come lo sta affrontando mio padre, si capisce dal numero di auto completamente sventrate che sono parcheggiate sul retro del suo garage in questo momento, sta riversando tutta l'ansia e il dolore in qualcosa di produttivo".

"Ma tu", disse lui. "Che ne è di te Samara?"

Inalai profondamente, sentendo l'aroma del caffè che proveniva dal vassoio.

"Ho paura di perderlo. Ho paura che niente di questo

funzionerà o che l'operazione sarà un fallimento e che perderò mio fratello lì sul tavolo operatorio. È il mio incubo più grande, Neil. È solo un ragazzo. So che ha solo un paio di anni meno di me, ma sono la sorella maggiore e lo sarò per sempre. Voglio solo proteggerlo e dirgli che andrà tutto bene. Per la prima volta nella vita non posso farlo. Non c'è niente che io, mia mamma o mio padre possiamo fare per allontanare le sue paure. E mi sembra davvero ingiusto, cazzo".

Avevo iniziato a piangere e non riuscivo a ricordare quando, ma Neil mi avvolse in un abbraccio e mi tenne stretta mentre lasciavo scorrere le lacrime.

"E quindi hai fatto quello sapevi di poter fare. Hai deciso di cedere una parte di te per aiutare a salvare tuo fratello. È davvero ammirevole, Samara. Non credo che tutti lo avrebbero fatto".

Alzai lo sguardo su di lui e mi asciugai le lacrime con il dorso della mano. "Sai cosa ho pensato? La cosa che più mi sorprende di questa situazione è che non mi sembra di avere dato via qualcosa".

"Cosa vuoi dire?", chiese Neil.

"Voglio dire che per tutta la vita mi hanno detto che la verginità era una cosa importante, un affare grosso, e alla fine non era proprio così. Non che non fosse una 'cosa grossa', tu lo sei decisamente, Neil", scoppiammo a ridere alla mia battuta. "Ma quello che voglio dire è che non mi sembra di avere dato via nulla. Non ho perso una parte di me. Ho solo aperto una porta su qualcosa che non conoscevo. Ci sono cose che posso vivere ora, cose che non ho mai avuto prima".

"Direi che hai già provato diverse cose nuove questa settimana".

Gli rivolsi un ampio sorriso. "Mi hai mostrato un nuovo universo da esplorare. Non so dove sarei senza di te, onestamente".

Neil versò il caffè in due tazze e ci sedemmo a godere bere

la bevanda calda nell'aria fresca e pulita del mattino di primavera. Era bellissimo lassù, dominavamo la città, tutto era velato della luce rosa e dorata, tipica delle prime ore del mattino.

"Visto che siamo onesti in questo momento, c'è forse qualcosa che dovrei dirti", disse Neil leggermente esitante.

"Cosa?"

"Prima di tutto, fammi dire che non ho mai avuto intenzione di tenerti nascosto qualcosa, ma non ero certo che avresti accettato di incontrarmi altrimenti. Avevo capito che avevi una certa opinione di me dalla prima volta che ci siamo incontrati e sapevo di non avere possibilità con te. Anche conoscendo tuo fratello, non ci sarebbe mai stata per me l'occasione di usarlo a mio vantaggio e convincerti a uscire con me. E i pettegolezzi corrono veloci al club. Appena mi avresti nominato con Suzy lei ti avrebbe potuto raccontare una serie infinita di storie su di me. Davvero, come è possibile che tu non abbia mai sentito parlare di me visto il tempo che hai lavorato al club?"

Alzai le spalle e sorseggiai di nuovo il mio caffè. "Non ascolto i pettegolezzi". Dissi come un dato di fatto.

Neil alzò gli occhi al cielo. "Beh, sono contento che tu li abbia evitati. Comunque, sapevo che non avresti accettato di vedermi. Ero cosciente di avere pochissime possibilità. Quindi, quando ho visto il tuo nome nella lista delle candidate all'asta per i membri dell'élite, ho colto la mia occasione e ho preso la tua scheda prima che andasse ad altri. Non sei mai uscita dal mio ufficio dopo che il tuo nome è stato messo in lista. Certo, Elle lo sapeva già perché è stata lei a compilare la lista, ma le ho detto di toglierti subito da lì e che avrei pagato qualsiasi prezzo. Mi sentivo come se fossi uscito di testa, un uomo innamorato in una stupida commedia romantica, disposto a fare tutto il possibile per evitare che altri mettessero le mani su di te".

Mi strinse forte e affondò il naso tra i miei capelli, respirando il mio odore.

"Stiamo molto attenti a selezionare i compratori, ma quando penso a chi avrebbe potuto averti... mi sento male. E se penso anche a quanto tu ci sia andata vicina. Ma sono arrivato in tempo".

Facevo fatica a capire cosa stesse cercando di dirmi, si stava aprendo ma non capivo bene riguardo cosa: "Sapevo già che avevi chiesto di me prima ancora che potessi andare all'asta. Elle mi ha spiegato come funzionano le cose".

"Sì, ma c'è un'altra cosa che Elle non sapeva di tutta questa situazione".

"Cioè, cosa?", chiesi davvero confusa a questo punto.

Neil mi guardò dritta negli occhi, "Samara, avrei comunque pagato per l'operazione di tuo fratello. Avevo già deciso quel giorno di chiamare Brad per scoprire con chi dovessi parlare per pagare il conto delle spese mediche. Avevo già scritto un assegno in bianco per i tuoi genitori, ma poi ho visto il tuo nome".

Si fermò per guardare la mia reazione, cercando di cogliere ogni mio piccolo gesto. Restai sorpresa da quella confessione, ma non sconvolta. Quindi aveva sempre avuto intenzione di pagare per noi, quello non era in discussione. Quello che stava ammettendo era che aveva usato la situazione a suo stesso vantaggio, per ottenere da me quello che voleva.

Sollevai la mano e gli toccai il viso con un gesto delicato. "Neil, non riesco a fartene una colpa. Non potevo proprio sapere che avresti fatto una cosa del genere per mio fratello. Ma è così gentile da parte tua. Credo che da questo si veda il tuo buon cuore".

Mi prese una mano e se la portò al petto. "Il mio cuore farebbe di tutto per stare al tuo fianco, e lo dico sul serio. Avrei pagato qualsiasi cosa per trascorrere questa settimana con te. Il fatto che poterti avere si fosse trasformato in realtà era più di quanto avrei mai potuto sognare".

Mi chinai verso di lui e lo baciai dolcemente sulle labbra.

"È l'ultimo giorno", dissi.

"Sì, è l'ultimo", annuì. "Sei pronta per tornare a casa?"

Puntai lo sguardo sulla città che si apriva sotto di noi e scossi la testa. Era troppo bello per andare via proprio ora.

"Sai, credo che mi piacerebbe restare un po' di più".

EPILOGO

Mi portai la mano alla nuca, tormentandola dal nervoso, poi mi girai a guardare Neil. Sorrise, abbassando lo sguardo su di me, voleva dirmi che tutto sarebbe andato per il meglio. Era stato un lungo percorso per mio fratello. Il trapianto era andato bene, anche se era rimasto in ospedale un po' più del previsto come precauzione.

Avevo le mani sudate mentre me ne stavo lì, mano nella mano con Neil sul portico della casa dei miei genitori. Eravamo tutti invitati per celebrare il ritorno a casa di Josh. Lo avevano fatto uscire dall'ospedale almeno un mese prima, ma mamma era sicura che sarebbe stato meglio aspettare invece che inondarlo già da subito con emozioni e commozione.

Dopo quella prima settimana insieme, Neil e io eravamo diventati inseparabili. Eravamo due persone che combaciavano perfettamente tra loro, come due pezzi di un puzzle. Eravamo anime gemelle. Si dice sempre che una persona è fortunata a incontrare l'anima gemella e che potrebbe succedere di non incontrarla mai, quindi ero certa di dover ringraziare la nostra buona stella per esserci incontrati. Dopo aver trascorso così tanto tempo con Neil, imparai presto che aveva gli stessi interessi e aspirazioni che avevo io. Era un uomo che amava profondamente la famiglia e quando avevo avuto l'occasione di incontrare i suoi genitori un paio di mesi prima mi ero innamorata ancora di più.

Il meglio fu quando andammo a cena con i suoi un pomeriggio. Stavo per assaporare un pasto delizioso appena cucinato da sua madre per noi, quando Neil si alzò con un calice di champagne nella mano.

"Mamma, papà, ho un annuncio da fare", disse, spostando lo sguardo prima su uno e poi sull'altra, alla fine si voltò verso di me e sorrise. I suoi occhi brillavano di una felicità che non mi stancavo mai di vedere. "Tesoro, sei l'amore della mia vita". Neil si interruppe e posò il bicchiere sul tavolo mentre si inginocchiava infilando una mano in tasca. Lo guardai sconvolta, mentre estraeva una scatolina di velluto rosso. Sollevò di nuovo lo sguardo su di me e sorrise: "So che stiamo insieme solo da sei mesi, ma tu, Samara, sei tutto ciò che ho sempre sognato. Mi completi in ogni aspetto. Vorresti farmi l'onore di diventare mia moglie?", chiese Neil, mentre apriva la scatolina rivelando l'anello con diamante giallo da cinque carati che si celava al suo interno.

Mi portai subito la mano alla bocca per la sorpresa. Ero rimasta sconvolta, non avevo idea che mi avrebbe chiesto di sposarlo. Sentii le lacrime riempirmi gli occhi e poi scivolarmi lungo le guance. Sorrisi e finalmente sussurrai: "Sì! Sì! Sarei felicissima di essere tua moglie!". Non riuscivo a smettere di tremare, mentre infilava l'anello di fidanzamento sul mio dito. Ero completamente ipnotizzata, ma alla fine mi ripresi dalle mie fantasie e gli lanciai le braccia al collo. Un attimo dopo i suoi genitori iniziarono ad applaudire e ci girammo per vedere i loro sorrisi.

"Oh, tesoro. Siamo così contenti per voi", disse sua madre, alzandosi e abbracciandoci entrambi, lo stesso fece suo padre subito dopo.

Per cui, ora ero in piedi sul portico dei miei genitori con l'amore della mia vita, nervosa da morire al pensiero della loro reazione alla notizia. Un attimo dopo aprii la porta ed entrai per vedere l'affollato soggiorno dei miei genitori; era gremito di amici e famiglia che parlavano tra di loro.

"Tesoro, ce l'hai fatta a venire", disse mia mamma venendo subito da noi a salutarci.

"Certo, mamma, non mi sarei mai persa questa festa". La bacia dolcemente sulla guancia e poi feci un cenno verso Neil, "Mamma, ti ricordi di Neil?"

"Sì, certo. È un vero piacere vederti", disse tirandolo in un abbraccio. Mia mamma non era mai stata il tipo da stretta di mano. "Venite, entrate a salutare tutti. Vado a dire a tuo fratello che sei qui".

Entrammo nella stanza e feci un giro di saluti e abbracci, nel frattempo, presentavo Neil a tutte le persone che non lo avevano ancora incontrato, e poi Josh entrò finalmente dalla cucina. Sul viso aveva un largo sorriso che si estendeva da orecchio a orecchio. Dio, era così bello vederlo in forze, sembrava fosse ritornato sé stesso.

"Ehi, ciao", dissi sorridendo e tirandolo in un abbraccio. "Come stai?", gli chiesi osservando la sua figura.

"Mi sento bene. Mi sembra di diventare ogni giorno più forte", sorrise lui. "Ciao Neil. Sono felice che sei venuto, amico. Tuo fratello è in cucina ad accaparrarsi tutto il cibo".

Neil rise e diede una lieve pacca sulla spalla a Josh: "Sono felice di vedere che stai meglio amico".

Dopo circa un'ora di festeggiamenti, mamma e papà portarono fuori una torta per Josh e guardammo mentre soffiava sulle candeline per poi ringraziare tutti per essere venuti. Io sedevo accanto a Neil su un divanetto, intanto i miei stavano facendo un veloce discorso sulla famiglia, l'ignoto e sul mai dare qualcosa per scontato. Mentre sollevavano i bicchieri per fare un brindisi con tutti, lo facemmo anche noi. Sorseggiai un po' di vino e poi sentii Neil che mi lasciava la mano e si alzava. Il mio cuore iniziò a battere all'impazzata quando lui iniziò a parlare.

"Signore e Signora Tanza, cari presenti. Anche io ho qualcosa che vorrei condividere con voi", disse e poi abbassò lo sguardo su di me. Allungò la mano verso la mia e la strinse, poi mi tirò su, in modo che fossi in piedi accanto a lui. Quando alzai lo sguardo sui presenti, i miei occhi si posarono subito su mia madre e poi su mio padre. Lei riusciva a capirmi come nessun altro. Aveva portato la mano alla bocca quasi pronta a piangere e mio padre aveva un largo sorriso sul volto.

"Vorrei annunciare che ho chiesto a Samara di sposarmi qualche tempo fa e lei ha accettato. Presto ci sposeremo!", disse con gioia.

Incrociai con lo sguardo gli occhi di mio fratello e lui mi rivolse un sorriso orgoglioso, alzando il pollice.

Mentre i presenti applaudivano e si congratulavano, osservai i miei che si avvicinavano a noi: "Congratulazioni, tesoro. Siamo così felici per entrambi". Dissero, dandoci un bacio e un abbraccio.

"Lo sapevate?", chiesi guardando mio padre.

"Certo. Non si può procedere con la proposta senza chiedere prima il permesso ai genitori, no?", disse facendo l'occhiolino a Neil.

"Tesoro, non volevo spaventarti. Una settimana prima di chiederti di sposarti sono andato a pranzo con i tuoi genitori. Non mi piaceva farti la proposta prima di chiedere la loro benedizione. Spero che tu non sia arrabbiata".

Sorrisi tra me, sentendomi una stupida per essere così nervosa. Avrei dovuto sapere che avrebbe fatto una cosa del genere. Neil era un'anima all'antica. Gli diedi un buffetto sul braccio e dissi: "Va tutto bene. Hai tutta la vita per farti perdonare".

Leggi Lasciati domare ora!

Taylor Dawson trascorre le sue giornate a darci dentro come meccanica nell'officina di suo padre, invece che a stare con un bel ragazzo. A diciannove anni è prontissima per liberarsi della sua verginità, ma ancora non ha trovato l'uomo giusto. Un giorno va a prendere un'amica che fa la barista al Club V e si imbatte nel proprietario del Club, Jake Mesa, che sta dando una lezione di sottomissione. Tay non crede che sarà mai in grado di obbedire come la donna con il collare che si stava sottomettendo a Jake e sgattaiola via della stanza senza essere vista.

Tuttavia, le telecamere di sicurezza di Jake hanno registrato l'incantevole voyeur nella sua stanza e ora la ragazza ha la sua completa attenzione. Quando il papà di Taylor ammette di aver combinato un disastro con gli affari che potrebbe mettere fine non solo alla officina ma anche alla sua vita, la ragazza non sa a chi rivolgersi. A quel punto Jake le farà un'offerta… Riuscirà a resistere o cederà completamente?

Se ti piacciono gli eroi affascinanti, l'amore a prima vista e i momenti sexy, allora continua a leggere…

Leggi Lasciati domare ora!

LIBRI DI JESSA JAMES

Cattivi Ragazzi Miliardari

La sua segretaria vergine

Fammi tremare

Brutalmente Sbattuta

Papino

Cattivi Ragazzi Miliardari - La serie completa

Il Patto delle Vergini

Il Professore e la Vergine

La Sua Tata Vergine

La Sua Sporca Vergine

Club V

Lasciati andare

Lasciati domare

Fidanzati per finta

Implorami

Come amare un cowboy

Come tenersi un cowboy

Una vacanza per sempre

Pessimo atteggiamento

Pessima reputazione

Ancora un altro bacio

ALSO BY JESSA JAMES (ENGLISH)

Bad Boy Billionaires

Lip Service

Rock Me

Lumber jacked

Baby Daddy

Billionaire Box Set 1-4

The Virgin Pact

The Teacher and the Virgin

His Virgin Nanny

His Dirty Virgin

Club V

Unravel

Undone

Uncover

Cowboy Romance

How To Love A Cowboy

How To Hold A Cowboy

Beg Me

Valentine Ever After

Covet/Crave

Kiss Me Again

Handy

Bad Behavior

Bad Reputation

L'AUTORE

Jessa James è cresciuta negli Stati Uniti, sulla costa orientale, ma è sempre stata affetta da una grande voglia di viaggiare.

Ha vissuto in sei stati, ha svolto tanti lavori ma è sempre tornata dal suo primo vero amore – la scrittura. Lavora a tempo pieno come scrittrice, mangia troppa cioccolata fondente, ha una dipendenza da caffè freddo e patatine Cheetos, e non ne ha mai abbastanza di maschi Alpha e sexy che sanno esattamente cosa vogliono – e non hanno paura di dirlo. Uomini dominanti, Alpha da amore a prima vista, sono i protagonisti delle storie che ama leggere (e scrivere).

Iscriviti QUI per la Newsletter di Jessa:
https://bit.ly/2xIsS7Q

www.ingramcontent.com/pod-product-compliance
Lightning Source LLC
LaVergne TN
LVHW011843060526
838200LV00054B/4142